辻 真先

殺人の多い料理店

実業之日本社

実業之日本社文庫

目次

本書関連地図 1

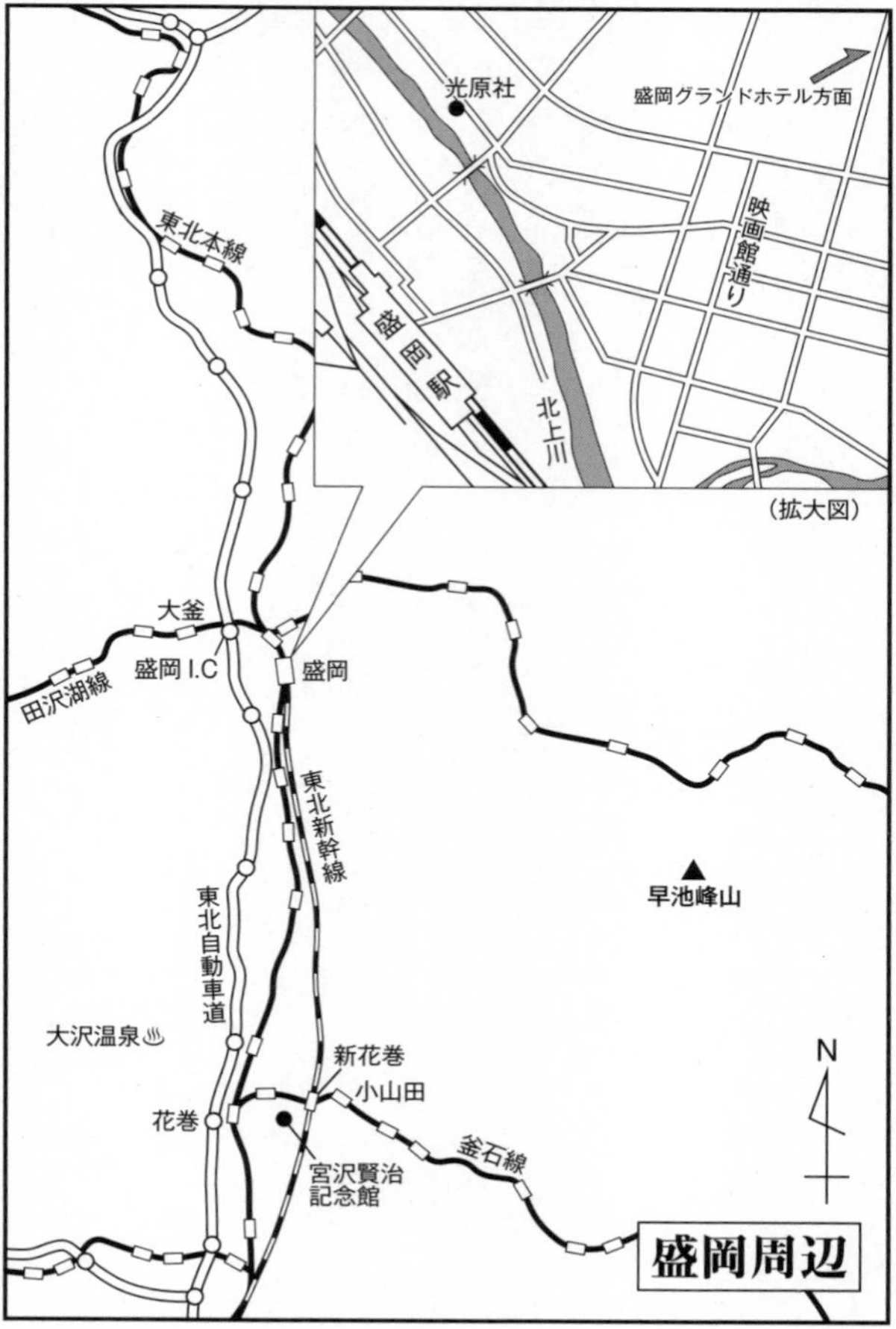
光原社
盛岡グランドホテル方面
映画館通り
盛岡駅
北上川
（拡大図）
東北本線
大釜
盛岡 I.C
盛岡
田沢湖線
東北新幹線
早池峰山
東北自動車道
大沢温泉
新花巻
小山田
花巻
宮沢賢治記念館
釜石線
N
盛岡周辺

本書関連地図２

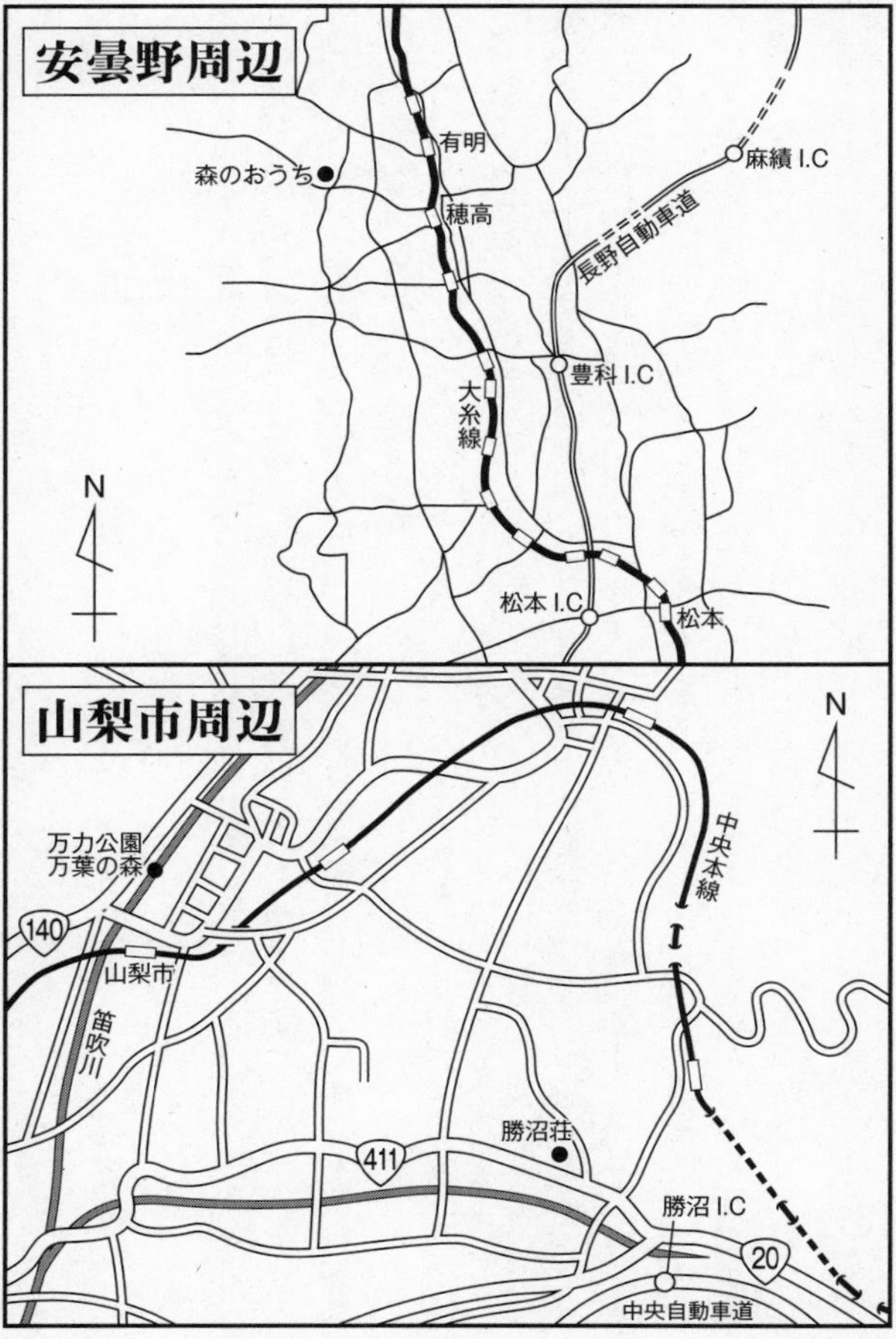
安曇野周辺
有明
森のおうち
穂高
麻績 I.C
長野自動車道
豊科 I.C
大糸線
N
松本 I.C
松本
山梨市周辺
N
万力公園
万葉の森
中央本線
140
山梨市
笛吹川
勝沼荘
411
勝沼 I.C
20
中央自動車道

序

わたしたちは、キオスクで売っている機能飲料をのまなくても、吹きっさらしのホームの風に鼻をすすり、黄色くにごった朝日の光をあびることができます。

またわたくしは、デパートや量販店でブランドのきものが、しばらくすると流行遅れや安物になるのを、たびたび見ました。

わたしたちは、そうしたのみものやきものが、決してすきとはいえないけれど、でもしかたなしにつきあっています。

これからのわたくしのおはなしは、そんな町やお店や鉄道線路やらをおろおろ歩きまわっているうちに、汚れた空気やネオンサインから思いついたものです。

ほんとうに、夜だか昼だかわからない混雑を、ひとりで通りかかったり、冬のビル風のなかに、ふるえながら立ったりしますと、もうどうしてもこんな気がしてしかたがないのです。ほんとうにもう、どうしてもこんなことがあるようでしかたがないということを、わたくしはその通り書いたまでです。

ですから、これらのなかには、あなたのためになることなんかひとっつもないのですが、どうせこれっきりで忘れていただけるでしょうから、どうか読んでやってください。なんのことだか、わけのわからないところもあるでしょうが、そんなところは、わたくしにもまた、わけがわからないのです。

けれども、わたくしは、このちいさなものがたりにこめられた悪意が、おしまい、あなたのストレスに慣れきったつよい胃袋に消化されて、いっこうにこたえないであろうことを、どんなにねがうかわかりません。

銀河鉄道の夜

1

久しぶりに踏んだ盛岡の土は、俺を歓迎してくれなかった。カチンカチンに凍りついた路面に足をとられて、俺はもののみごとに尻餅をついてしまった。幸先いい取材旅行というべきだ。

口の中で悪態をならべながら、俺はやっと立ち上がった。くすくす笑って通りすぎる下校中の女子高校生がカンにさわったが、ふりむいてみると、セーラー服のよく似合う美少女たちだったので、許すことにした。

今年の寒波は十年ぶりであるという。盛岡の街も例外でなく、まだ十二月も半ばだというのに、駅前広場は白一色だった。暮れるに早い初冬の日は、岩手山にさえ届かず、東根山《あずまねさん》のあたりに落ちたらしい。広場には街灯がさむざむと灯《とも》っている。

俺とおなじ新幹線の客の半分は、青森方面にむかう列車に乗り継いだようだが、のこる半分は盛岡で下りた。さすがに北東北の中心都市だ。

俺がこの街へきたのは、もうなん年前になるだろう。結婚するずっと以前、妹がまだ高校生だったころ、いっしょに訪ねた記憶がある。やはり、宮沢賢治がらみだった。

そのころから俺の勤め先は、いたってがさつな〝夕刊サン〟というゴシップ本位の新聞の編集部だったので、まさか大詩人宮沢賢治をネタにするはずはない。たぶん、妹の注文であったと思う。彼がはじめて出した童話集『注文の多い料理店』の版元であり、賢治が名付け親である光原社《こうげんしゃ》へさそわれた。材木町にある本店の中庭には賢治の碑が建てられており、高雅な屋敷の庭園という雰囲気であった。足をのばして市街地のホテルに併設された北の光原社もひやかした。いまも宮沢作品をなん冊もおいているが、南部漆器や工芸品を主とした店内は高級民芸店といった作りで、俺には敷居が高かった。

はっきりいって、俺と宮沢賢治の関係はその程度のものであった。

それがどうした風のふきまわしか、今年も押し詰まってからだしぬけに、宮沢賢治を取材することになったのである。

田丸《たまる》といううちの編集局長は、関西訛《なま》りを看板に、がさつな新聞をいっそうがさつにして売上をふやそうと、模索していた。体面を気にする社長は、局長の露骨な編集方針が気に入らなかったものの、この不景気に実売部数をじりじり上げているのだから、正面きって文句はつけられない。

そこで社長は、新雑誌を創刊するとぶちあげた。〝夕刊サン〟で儲《もう》けた金で、ややマシな一流半の情報誌を送りだそうというわけだ。

田丸にバーへ誘われた俺は、彼の本音を聞かされた。

「うちがそない雑誌出したかて、だれが見る、ちゅうんや。早い話があんた見るか」

「見ますよ」

俺は大真面目に答えた。

「網棚に乗っていたら拾いますし、隣席のやつが読んでいれば、首をのばします。だれだって、わが社の新雑誌にそれくらいの関心は抱きますとも」

「つまりタダなら読むちゅう程度やな」

「金をもらっても読みたくない本や雑誌が多いご時世に、ありがたい話じゃないですか」

「アホ」

田丸局長は、唾を飛ばした。

「買ってくれん読者がいくらふえたかて、一文にもなりゃせん。しょせん社長のお道楽やないか」

局長は大反対だったが、いいだしたのが社長では、抵抗にも限度がある。つぎの日になって、田丸は激辛のキムチを食べたような顔を、俺の前に突き出した。

「社長は、新雑誌の編集長をお前さんに任せるつもりらしい」

せっかくのお言葉だったが、俺はしり込みした。俺には自分の器がわかっている。赤新聞のデスク役のいまが、いちばん性分に合った。

社長にかけあって辞退した代わり、来春四月の創刊号の柱になる記事の取材を、引き受けさせられた。

——その結果、俺はいま盛岡にいる。

いうまでもなく、来年は宮沢賢治生誕百周年である。賢治によってイーハトーブ（大正十三年刊行の『注文の多い料理店』には、イーハトヴと記されているが、いまはこう表記しているようだ）と名付けられた岩手では、賢治と、生誕百十年になる啄木をいっしょにして、岩手96と名付けたイベントを催すが、中央のマスコミでもいっせいに賢治がらみの出版を企画していた。わが〝夕刊サン〟も、その流れに乗り遅れまいとしたわけだ。

「兄貴に、そんな文化的な材料が扱えるの」

妹は本気で心配してくれたが、さいわい俺にはかすかながら、賢治ゆかりの人脈があった。

「映画館通りへ行ってくれ」

と、俺はタクシーの運転手に告げた。盛岡でも古い繁華街だが、名の由来となった映画館はご多分にもれず寂《さび》れているらしい。

「どのあたりです。日活ですか」

「いや、銀河ステーションに行きたいんだ」

「ああ、あれか」

さすがに名が売れていた。それ以上説明する必要もなく、いたってスムーズに目的地に到着した。

風の冷たさに閉口しながら腕時計を見ると、ぼつぼつ定刻の五時になりかけていた。

やや雑駁《ざっぱく》な感じがのこる盛り場の中で、周囲に庭をめぐらせた銀河ステーションは、ひときわ存在感がある。もちろんこの季節だから、緑の芝生は頭から白衣をかぶったままだが、駅舎をかたどったレストランは堂々としていた。

華やかに明かりが灯った正面には、〝イーハトーブ童話朗読の夕べ〟と見事な筆跡の看板が立てられている。

蔦《つた》のからまった煉瓦《れんが》壁を横目に見て、頑丈なドアを開ける。風除室をへだててもう一枚のドアが俺を迎えた。いかにも北国のたたずまいだ。

二枚目をあけたとたん、暖かな空気がもわっと俺を包んだ。受付の机の前に、見覚えのある後藤《ごとう》夫人が座っていた。和服姿で長い髪を束ねている姿は、銀座のママといった風情だが、これでも女医さんなのだ。彼女の稼ぎがあるからこそ、オーナー後藤もこんな店を構えていられる。

「あら」

夫人が——たしか朱美《あけみ》さんといった——それが特徴のえくぼを右頬に彫って、俺を迎えてくれた。

「はるばる東京から、恐れ入ります」

「いや、どうも。ご無沙汰ばかりで」

美女が相手だと、てきめんに舌がもつれる。促されるまま芳名録に記帳していると、懐かしげな声が聞こえた。

「可能《かのう》さん！　やっぱりきてくれたんですか」

顔をあげると、後藤秀一《しゅういち》が立っていた。シェフの白衣姿がよく似合った。夜討ち朝駆けの編集者時代より、顔も体も膨らんでいる。

「太ったな、お前」

「とんでもない」

大仰なゼスチュアをしてみせた。

「寒くて太る暇なんてありませんや」

「そうでもないぜ。いずれ奥さんみたいにえくぼができるんじゃないか。いまの仕事が合ってるんだな」

「そうでしょうか」

「そうとも」

俺は力をこめていってやった。

「あのまま東京で編集をやってたら、きっと早死にしたと思うぜ」

いったとたん、俺は胸を衝《つ》かれた。一瞬（まずいことをいったかしらん）と後悔したほどだ。

にこやかだった後藤の顔が、見る間に陰ったからである。あわてて俺はいい直した。

「あんたは早く盛岡に帰るべきだったよ。なんといっても、ここは宮沢賢治の本場だもんな」

2

本場という形容はおかしいが、本音だった。俺が〝夕刊サン〟の看板を背負って走り回っていた時分、後藤は聟田《むこた》書房に勤めていた。うちみたいな軟派とちがってかたい出版社なのだが、律儀で小心な彼は、わがままな学者や作家をあしらうのが不得手で、よく愚痴をこぼしていた。実をいえば俺が親しくなったのも、マスコミの客が多い赤ちょうちんで、彼が愚痴といっしょにゲロを吐いている場に行きあわせたからだ。

彼が呑むと愚痴る性分なら、俺の酒は世話好きになる。独身時代だったので、その性癖はいっそうだ。ぐでんぐでんになった後藤を背負って、奴の下宿まで連れ帰った。なにかのパーティの帰りに、奴《やっこ》さんの家へタクシーをつけたことがあり、俺には珍しく場所をおぼえていたのだ。

後藤の部屋にはいって、びっくりした。書棚にずらりと宮沢賢治の本がならんでいた。ちょっと見ただけでも、『銀河鉄道の夜』『グスコーブドリの伝記』『風の又三郎』『ざしき童子のはなし』『雪渡り』『やまなし』『セロ弾きのゴーシュ』『オツベルと象』『注文の多い料理店』――賢治オリジナルの童話だけではなく、絵本や評論集までがところ狭しとならべてあった。

つぎの日、几帳面《きちょうめん》な後藤は、電話で丁重に昨夜の礼をのべた。

「ぜひこんど、一献差し上げたいんですが」

そういうことなら、遠慮する俺ではない。ふたつ返事で約束をかわし、三日後にバーで会った。そのとき、俺は聞いた。

「あんた、宮沢賢治のファンなんだな」

「はあ――盛岡の大学にいたころ、賢治の研究会にはいってたもんですから」

なぜか、彼はちょっと顔を赤らめた。

その理由がわからないまま、俺は彼と痛飲した。

「可能さんは、賢治をどう思います」

「どうって……」

俺はちょっと、返答に迷った。

「いやあ、はっきりいってあまり関心がなくてね」

と、ファンを前にしてつれないことをいうのもためらわれたし、三流新聞の三流記者を自認する俺にも、多少のプライドはある。国民的作家といっていい賢治に知らぬ顔はしにくかった。

俺は知ったかぶりをすることにした。

「詩情ゆたかな人格者じゃないか」

「はあ」

意外に後藤は生返事だった。それどころか酒臭い顔を寄せてきて、

「本当にそう思いますか」

ときた。

「思うとも。雨ニモマケズの詩を読んでもよくわかる。農業を研究し、詩作に精出し、天文に興味を抱き、童話をつくり、セロを弾いた。花壇を設計した。宗教に傾倒した。四十歳前に亡くなった人としては、実に充実した生涯を送ったといえる」

俺は知っている限りの宮沢賢治をぶちまけた。一、二箇所ちがったかもしれないが、

ファンの後藤なら喜ぶだろうと思ってサービスしたのだ。だが彼は、ぜんぜん喜んでくれなかった。

「その、雨ニモマケズの詩ですが」

後藤はゆっくりと俺にいった。

「彼が死んだ後で、手帳につけられていたのがみつかったんです。いわば、賢治の遺作なんだ……死ぬ直前にいたって、はじめてあの詩境にたどりついた。では彼は、はじめからそんな崇高な人格者だったのでしょうか？」

「さあ……ふいにそんなことをいわれてもな」

受け売りでしかない俺はてきめんに狼狽《ろうばい》したが、後藤は追及の手をゆるめない。

「たとえば彼の童話集です。彼自身は、これらの作品を虹や月明かりからもらってきた、と称していますが、それにしてはときに残酷だったり、偏屈だったり、悲しすぎる作品がまじっていますね」

「それはまあ」

俺はあいまいに返事した。

「見る角度によっては、ね」

「ぼくはむかしから思っているんですよ。宮沢賢治を、牧歌調の、ファンタスティックな、メルヘンの作者とだけ考えるのは、とんだ見当違いだってね」

「そうかい？」

「そうです」

と、彼は断言した。

「当時の日本では、彼はむしろ危険な思想の持ち主であったし、いびつ——といっていいすぎなら、偏ったところのある精神構造の人間でした。その角度から賢治童話をながめると、一種ぶきみですらありますからね。『……人のぼんやりした顔を見ると、ええぐずぐずするない。怒りがかっと燃えて体は酒精にはいったような気がします』。これは彼が二十四歳のときに書いた手紙の一節なんですが、さらに彼はこう書いています。『私はほとんど狂人にもなりそうなこの発作を、機械的にその本当の名称で呼び出し手をあわせます。人間の世界の修羅の成仏』……」

後藤はもう、俺にむかって話しているのではなかった。ここにいないだれかと、憑《つ》かれたように賢治論を展開していた。

あのときの後藤は、鉋《かんな》で削ったように顎がとがって見えた。いまより十キロぐらいは痩せていたにちがいない。

「あなた」

壁に寄せてある大型の振り子時計を見て、朱美がせかすようにいった。

「もう時間だわ」

「おっと、いけない。どうぞ、どうぞ、可能さん」

繊細な模様入りのガラスのドアを押して、後藤がいった。朗読会の開演時刻になったのだ。俺はぶあついカーテンを開いて、中にはいった。

ふだんはそこがダイニングルームになっているのだろう。丸いテーブルがなん組か、隅に押しやられて、あいた中央のスペースにかろやかなデザインの椅子が、二十脚ほどならべられていた。椅子の半ば以上は先客で占められていたが、奥にすすむとまだいくつか主待ち顔の椅子があった。

その席のひとつに座ろうとして、俺はあやうく幻灯機のコードを足にひっかけるところだった。まるで賢治愛用でもあったかのように、古ぼけてくろずんだ機械だった。

正面は庭園にむかってひろがるフランス窓とおぼしいが、いまはその位置に白いカーテンがかけられて、外の風景はまったく見えない。どうやらこれが、幻灯のスクリーンの役目を果たすらしい。

部屋の明かりが、さらにしぼられた。
十五、六人はいるはずの広間に、沼のような静寂が訪れた。
正面やや下手《しもて》にスポットが投げられる。ちょうど俺が座った席の真ん前だ。スタンドマイクが用意されており、ひとりの少女が進み出た。スポットに丸くくり抜かれたその顔に、見覚えがある。テレビでは中堅どころのタレントで、三木七重《みきななえ》といった。

彼女が今夜の朗読会の主役をつとめるのだ。

あらかじめ七重の出演を聞かされていた俺は、出かける前に妹から予備知識を仕入れておいた。ご承知の方もあるかもしれないが、俺の妹は可能キリコといってタレントの真似《まね》ごとをしており、七重とおなじユノキプロに所属していた。

彼女によると、七重は決してメジャーな存在ではないが、基礎的な演技力を身につけているそうだ。

「結婚するまでの腰掛けみたいなタレントの中では、彼女はしっかりしているわ。結婚しようとひとりでいようと、一生芝居をつづける覚悟ができてるんじゃない？」

というのがキリコの意見であった。演技力とギャラは関数ではないので、若手としてはギャラが安い部類に属する。後藤がどういう関係で彼女を呼んだのか知らないが、アゴアシ付きとしてもいい買い物といえただろう。

天井の一角から透き通るような音楽が溢《あふ》れだした。チェンバロだろうか。音楽に暗い俺にも、氷砂糖のように甘くねばりついてくる音の流れは、ひどく印象的だった。音はすぐしぼられて、七重がマイクに進み出た。

「雪がすっかり凍って大理石よりも堅くなり、空も冷たい滑らかな青い石の板で出来ているらしいのです。

『堅雪かんこ、しみ雪しんこ。』

お日様がまっ白に燃えて百合の匂いを撒きちらし又雪をぎらぎら照らしました……」

そこまで聞いて、俺はやっと朗読のテキストが、『雪渡り』であることを思い出した。甘すぎず冷たすぎない七重の声は、耳に心地よかった。

「木なんかみんなザラメを掛けたように霜でぴかぴかしています。

『堅雪かんこ、凍《し》み雪しんこ。』

四郎とかん子とは小さな雪沓《ゆきぐつ》をはいてキックキックキック、野原に出ました」

キックキックという擬声音を、七重はまことにうまく表現した。

賢治の童話には、擬声音がきわめて多く、また重大な役割をつとめている。とかく日本で文章にうるさい人々は、こうしたたぐいの言葉を品がないといってきらう。年配者にコミックがきらわれる理由のひとつだが、俺にはよくわからない。さいとう・たかをの『無用之介』の冒頭、刀が鞘走《さやばし》る瞬間をとらえた〝ンざっ!〟という擬声音など、傑作だと思うのだが。かな漢字まじり、表音表意の両刀使いができる日本語ならではの武器を、みずから放棄するのはもったいない限りだ。賢治童話の融通無碍《ゆうずうむげ》な擬声音は、文学音痴の俺にもひどく親しみ深いものがある。

幻灯の光がスクリーンに投げられると、雪に埋まった野原の風景が、切り絵となって広がった。どこに伏せてあったのか、エフェクトマシンが降る雪を天井に壁に、床にまで投影したので、広間そのものが雪の野原に化身したようだ。

七重の声技が、またみごとに童話に内在するリズムを生かしたし、擬声音の発声の踊るような沸き立つような楽しさを伝えてきた。

「……狐は可笑《おか》しそうに口を曲げて、キックキックトントンキックキックトントンと足ぶみをはじめてしっぽと頭を振ってしばらく考えていましたがやっと思いついたらしく、両手を振って調子をとりながら歌いはじめました。

『凍み雪しんこ、堅雪かんこ、

　野原のまんじゅうはポッポッポ。

酔ってひょろひょろ太右衛門が、

　去年、三十八、たべた。』」

お話の中では、狐につり込まれた四郎やかん子も、いっしょになって踊りだすのだが、席に連なった俺までおなじ気分になっていた。

音楽が高まり、狐に幻灯会へさそわれた四郎とかん子は、「堅雪かんこ、凍み雪しんこ」と歌いながらうちへ帰ってゆく。

ここで『雪渡り』のその一が終わるのだが、七重の声がいったん途絶えた——と思うと、スクリーン代わりのカーテンが左右にさっとひろげられた。

だれかれとなく客の口から、

「ほう」

という声が漏れた。

一面のフランス窓のむこうは、想像した以上にみごとな庭だった。それもありふれた花壇や泉水ではなく、鉄道沿線に見立てたのだろう、おもちゃの国みたいな腕木式の信号機がそびえ、鉄橋のトラスに星座が描かれ、トンネルらしい穴ぼこには星雲の光の渦が巻いていた。

そしてその全体に、しんしんと雪が降っているのだ。

ときたま風が出て、粉雪がまぼろしのように舞い散ってゆく。

ライトアップされた雪の中の銀河鉄道は、俺みたいに心身ともにがさつになった男にも、なにがなし懐かしくもあり、美しくまた哀しげですらあった。

ひととき、なんの説明もなく音楽と雪明かりを見せた後、またするするとカーテンは閉じられて、『雪渡り』その二がはじまった。

「キックキックトントン、キックキックトントン。

『ひるはカンカン日のひかり
よるはツンツン月あかり、
たとえからだを、さかれても
狐の生徒はうそいうな。』

キックキックトントン、キックキックトントン。」

3

朗読会は、後藤の演出といい七重の演技といい、間然するところがなかった。感銘をうけているのは、俺だけではない。俺のすぐ隣に座った足の長い男まで、腕を組んでしきりとうなずいていた。

「うむ……うむ」

ときおりもっともらしくうなずくのがうるさかったが、居眠りするわけではなし、腹が立つほどのことはない。

朗読会は幻灯と音楽と、ときたま挿入される実景の雪をまじえながら、順調にすすんだ。どれもみじかい童話の数編だった。俺が知っているものもあり、知らないものもある。

『税務署長の冒険』や『なめとこ山の熊』は知っていたが、カン蛙、ブン蛙、ベン蛙たちの出てくる『蛙のゴム靴』は知らなかった。だからその直後に読まれた『マグネトーとプラネトー』も、当然俺の知らない童話だと思って、神妙に聞き耳をたてていた。

こんな話だった。

ピリリリ、ピッカリピッカリコ。
ピリリリ、ピッカリピッカリコ。

どだどばどだどば、落ちる水。

逆巻き、泡吹き、真っ暗闇のトンネルを、どこまでもどこまでも、水は限りなく落ちてゆきます。なんのためにそんな奥深い闇へ落ちてゆくのかといいますと、ただただ車をまわすためであったのです。水のつぶつぶは、ひとつずつは小さくて目に見えないほどでしたが、たくさんの、それはもう一口にいえないほどの水のつぶつぶが、次から次へと落ちてきて車の羽根にぶつかるものですから、重い車もトンボの羽根でできているみたいに、かるがると、きりきりと、回りつづけるのでありました。

羽根が回れば車が回ります。車が回れば車の軸も回ります。すると軸につながれていた大きなダイナモが、ぶうんんん、ぶうんんんと、唸《うな》りをあげて回ります。

こうしてダイナモのお母さんから、数えきれない大勢の、電気の赤ちゃんが生まれ出たのです。

電気の赤ちゃんには、男の子と女の子がありました。そこでこれは、山奥の電信柱から村の電信柱まで、長い長い旅をつづけたプラネトーという、男の子のお話です。

プラネトーはとても淋しがりやでした。山あいに生まれたプラネトーは、夜昼の区別なしに細いたよりない電線の中を、せっせと旅しなくてはなりません。

ときたま疲れて空を見上げると、夕もやの中を黒い森に帰ろうとする、鳥たちの姿が見えました。

「ああ、鳥さんたちがいる。おうい、おうい」

プラネトーに鳥の知り合いはありませんが、なんとなく声をかけたくなって、大声で呼んでみました。でも鳥は、だれひとりとして見向きもしません。

「おうい、おうい」

プラネトーはなおも熱心に呼びつづけました。でもその声は、外から見ると声ではありませんでした。ただ暗い空のすみっこで、パチパチと火花をあげる小さな音でしかなかったのです。

「おうい、おうい」

いくら呼んでも、だれも答えてくれないので、プラネトーはすっかり元気をなくしてしまいました。

空はもう暗くなっています。もくもくと、雲が力こぶをこしらえて、空一面にひろがろうとしていました。そのときどこかから、チカッと明るい光が漏れました。

「おや、なんだろう」

プラネトーが見ていますと、また雲のむこう側で雲母みたいな光がきらめいたのです。

それから少しの間をおいて、どろどろどろどろと、変におなかに響くような物音が、黒ずんだ山と谷と森にこだましました。さあっとしめった音が近づいてきて、雲がいっせいに雨を振り落としはじめます。

だしぬけに、がらがらととほうもない音が天を破裂させたので、プラネトーはびっくりしました。音だけではありません、雲という雲がいっせいに割れたのかと思ったほど、物凄い光があたりにみなぎりました。そのみじかい間に、プラネトーははっきりと見ることができたのです。森のしげみから、さっき飛んでいった鳥たちが、ぶるぶるふるえながら空を見上げているのを。

ピッカリピッカリコ、ピッカリピッカリコ。

光はなんだか折れた柱みたいに見えました。その柱が消えて、またあたりが真っ暗になったとき、どっかあんと、大砲が森に撃ちこまれました。プラネトーは今度こそ肝をつぶしました。電線が風に流されて、ブランコみたいに揺れています。ひと息つく間もありません。もう一度空がかあっと明るくなって、ぎざぎざした光の柱が、まばたきするほどの時間、見えました。森の鳥たちも見えました。暗くなってすぐ、またどっかあんと、大きな音が森を震わせます。ざあざあと滝みたいに激しい雨の音が、そのあとにつづきました。

これはいったいどういうことでしょう。プラネトーはもう、すっかり驚いて息もつけないほどでした……。

4

「おかしい」

という声が、否応《いやおう》なく耳にはいってきた。はじめのうちこそ、（うるさいな。黙って聞くのが礼儀だろう）そう思っていた俺だったが、隣の席からあの足の長い男が、なんの前ぶれもなく立ち上がったときには、びっくりした。

「後藤さんよ」

のぶとい声が、この店のオーナーを呼んだ。

だが彼は、料理の準備に追われているのか、その場にいない。朱美夫人もこの席にいないらしかった。別な声がした。

「失礼です、お嬢さん」

ひどくカン高い声が、七重の朗読を制止した。照度が落ちているので見づらいのだが、声の主はいちばん前の席についていた小柄な男だった。

またべつな男性の声があがった。

「どうしたというんだ！」

今度の声は、渋いというか厚みがあるというか、カラオケを歌わせたら、マイクによく乗るだろう。が、それよりも俺は、どこかで聞いたことがあるような気がして、額に皺《しわ》を寄せた。

あわてたように、だれかが照明のスイッチを入れた。まぶしいほどの明かりだった。見回すと、客はみんないちように目をぱちぱちさせている。マイクにむかっていた七重は、ひどく青ざめてみえた。

「あの……なにかいけなかったんでしょうか」

おずおずと聞いた先は、俺をおしのけるようにして出ていった背の高い男だ。彼はオーバーなゼスチュアで、両手をふった。

「いけないもなにも……きみは、賢治を知らないのかい」

「は?」

きょとんとした顔は、見るからに愛嬌《あいきょう》がある。テレビで売り出すには、あまり出来すぎた美人より、そこそこ愛想がいい女の子のほうが、確率が高いのだ。

「賢治先生なら、知っています」

「全部、読んでいるの?」

畳みかけられて、彼女は照れたような顔になった。

「いいえ……『銀河鉄道の夜』と『セロ弾きのゴーシュ』と……それから」

「つまり全部読んだわけではない、と。だから気がつかなかったんだね。いまきみが読み上げた童話は、賢治が作ったもんじゃない」

「え……」

「今夜は賢治童話の朗読会なんだろう」

と、のっぽが高飛車につづけた。

「それなのになぜ、よその人が書いたものを読むんだね」

「あの、私……」

気の毒なタレントは、すっかり混乱していた。

「渡された台本を読んだだけですけど」

「渡された台本だって?」

つかつかと彼女に近づいたのは、例の渋い声の主だ。一目その顔を見て、俺は思わず腰を浮かせた。

(小山田《おやまだ》先生)

小山田徳三《とくぞう》は作家である。純文学の新人賞でスタートを切ったが、器用なたちらしく、流行に乗ってミステリーを書き、ホラーを書き、官能小説にまで手を出して、まずまずの成績をあげている。俺が小山田先生を知っているのは、当然最後のレパートリーに関してだ。作家でございといった風体で、羽織袴《はかま》の和装できめている。けっこうパフォーマンスの名手でもあるのだ。

マイクの前で七重の台本を受け取った小山田が、ぱらぱらとめくった。ワープロで印刷されたものを綴《と》じたことが、遠目でもわかる。

「なるほど……贋物《にせもの》だね」

「贋、ですか！」

七重ばかりではなく、客席がざわめいた。

「よくごらん。ホチキスが止めなおしてあるだろう。あとからこの『プラネタリュウム……』」

「『プラネトーとマグネトー』ですわ」

訂正した七重をじろりと見て、小山田は苦笑した。

「その贋作《がんさく》を追加して綴じたんだ。見るか、江馬《えま》」

台本をのっぽに手渡した。このひょろ長い男は、江馬というらしい。

「照明さん！」

小柄な男が、俺の頭上を越えて客席の後ろに呼びかけた。

「あんたの台本はどうなってる」

「お、俺ですか」

アルバイトなのだろう、ライトの足元から立ち上がった若者が、大あわてで台本をめくりはじめた。その前の床に抵抗器が置かれ、コードが蛇のようにはい回っている。どうやら彼の位置から、すべての照明装置――もしかしたらカーテンの開閉まで司《つかさど》っていたらしい。

「俺の台本にも、はいってます。『プラネトー』という話」

「なんてこった！」

男の声は驚きというより、ほとんど悲鳴に近いものがあって、俺をぎょっとさせた。そのそばに、小山田がやってきた。

「クラムボン」

と、小柄な男の名を呼んだ。

「どうした、きみ。なんて声を出すんだ。後藤が悪戯《いたずら》のつもりで、自作の童話をいれたんじゃないのかね」

「馬鹿いえ……」

クラムボンと呼ばれた小男は、震え声で反応した。

「小山田、お前忘れてるのか」

「忘れてる？　なにを」

ふしぎそうに、作家が問い返した。会話をかわした場所が俺の席に近かったので、話の内容はよく聞こえた。

　それにしてもクラムボンとはどういうことだろう。俺の乏しい知識では、たしか賢治の童話に出てきた名前だったはずだが。

　俺はちらりとふたりを仰ぎ見た。小男の顔が斜め上にあり、はっきりと額に針をたてていた。いいたくなさそうに、だがいわねばならないというふうに声をひそめて、

「八年前のことを」

　その数字を耳にしたとたんだ。とりすましていた小山田の顔色が変わった。

「まさか！」

　なにが「まさか」だというのか。俺が耳をそばだてたのも無理はない。だがその先は、江馬ののぶとい声にさえぎられた。

「もうよせ、倉村《くらむら》」

　ははあ、この貧相な男の本名は倉村というのか。するとさっきのクラムボンというのは、あだ名なんだな。俺は納得した。

　だが、ただ制止しただけにしては、妙に江馬の声が切迫していた。彼のはげしい語気につられるように視線をあげた俺は、小山田の目を正面から見る形になった。

（はてな）というように、彼の表情がうごいたが、思い出せなかったらしい。いまの俺は〝夕刊サン〟のデスクなので、じかに彼のもとへ原稿をとりにゆくことはない。彼に最後に会ったのは、もう五年ほど前、それもショートショートを一本頼んだきりだから、

覚えがないのも無理はなかった。

そのとき、広間に後藤が飛びこんできた。

「どうしたんだ、高沢《たかざわ》くん」

と、照明係に声をかける。

「なにか、トラブったって」

「これなんですよ」

頬をふくらませた若者が、問題の台本をひろげてみせた。

「『マグネトーとプラネトー』？　こんな童話があったっけか、宮沢賢治に」

「ない――」

うなるようにいったのは、江馬だ。小太りの後藤にくらべると首ひとつ高いが、痩せているから体重はおなじくらいだろう。小柄な倉村が寄り添うと、いっそう江馬のひょろりとした体形が目立った。やや出っ歯気味の倉村が唾を飛ばした。

「あんたまで忘れたのか」

「よせというのに」

舌打ちした小山田が、間にはいった。

「詮索はあとでできる。それより朗読をつづけなさい。みなさんお待ちかねじゃないかね？」

その通りだった。せっかく盛り上がった興趣を中断されて、特に中年の婦人客など索《さく》然《ぜん》とした顔をならべていた。その様子を見て、後藤があわてていった。

「三木さん、つづけて」

「はい」

手持ち無沙汰だった七重が、ほっとしたようにうなずき、朗読が再開された。だが、もうさっきまでの盛り上がりを期待することはできなかった。せっかくの朗読会であり、七重の熱演であったけれど、その夜の催しは竜頭蛇尾のままに終わることとなった。

図書館幻想

1

ひどく天井の高い部屋だった。一方の壁はすべて作り付けの書棚になっており、宮沢賢治関係の著作がぎっしりと詰まっていた。むろん三十七歳で死んだ賢治が、それほど多作できるはずはない。異稿、改定稿など彼の作物一切をまとめた全集でも、ようやく十巻を数えるのみだ。

だがその作品の少なさを補うように、絵本化された童話のたぐいは驚くほど多量であったし、賢治論も膨大な数にのぼる。賢治が渉猟《しょうりょう》したであろう天文、物理、音楽、宗教、農学、鉱石学に関する文献も、みごとなまでに集められていた。東京にいたころの後藤の住まいも賢治だらけだったが、少なく見てもあのころの五倍に膨れ上がっていた。

ここは、銀河ステーションの別室にある賢治図書館である。もっともただの図書館ではない。一隅に洒落《しゃれ》たカウンターが設けられていて、書棚をながめながらグラスを傾ける、ライブラリー・バーを構成しているのだ。

食後のひととき、俺は後藤夫人の案内で図書館を見学していた。——というより、カウンターに根を生やして、食後のカクテルを楽しんでいた。

「よくまあ集めたもんだ」

俺は素直に感心した。

「後藤さんひとりで、ここまで集めるのは大変だったでしょう」

そういいながら、俺は子細に書棚をチェックした。そして妙なことに気がついた。

並んでいるのは、必ずしも賢治関係だけではなかった。それも高村光太郎のような詩人の本ではなく、およそミスマッチなジャンル、『法医学序説』だの『ホスピスの実際』だのといった書物や、さらにもっとカジュアルな『世界推理大系』『夜の散歩道』というミステリーものが目立つからだ。

「これは……そうか、奥さんのご本ですね？」

「ええ、まあ」

夫人はにこにこした。彼女は、盛岡東病院に勤務している有能な医師だ。法医学はともかく終末医療に関心があるのは、当然といっていい。

「おや？」

書棚の真ん中あたりに、見覚えのある本がはさまっていた。分厚いハードカバーにまじった薄手の新書サイズなので、かえって目をひく。もっともタイトルからして、少々けたたましいものだった。

『定番トリック全集・あなたにも殺せます』牧薩次《まきさつじ》・監修。

「こんなものも読むんですか」

思わず〝こんなもの〟扱いしてしまった。牧くんは、妹キリコの長年のボーイフレンドだからだ。推理作家としてデビューしたのは古いが、このところやや伸びなやんでいる。

「可能さんの義理の弟さんでしたわね？」

夫人に聞かれて、俺はどぎまぎした。キリコでもないのに、なんだって俺が照れるんだよ。

「いや、まだそう決まったわけじゃないんですが。まあ親しくつきあってます。一応この本も読みました」

「そうお聞きしていたので、書店で見たときすぐ買いましたの。面白かったですわ。でもこんなにあちこちのトリックをばらしてしまって、いいのかしら」

たしかに中身は、古今東西のミステリーのネタばらしである。だからといって、著作権侵害にはならない。例をあげれば、探偵と犯人が一人二役を演ずるとか、被害者をよそおって疑いをそらす犯人とか、いまどきの小学生でも知っている程度のトリックを羅列しているし、実際にそれが使われた作品の名は伏せてあるからだ。

「心配ないでしょう……たいていのネタなら、テレビのミステリーファンのほうが先刻承知してますからね。それにしても、賢治関連の書物がずいぶん増えているなあ」

棚に視線を走らせながら、俺はあらためて感嘆した。

すると朱美夫人が、照れたようにいった。

「医学とミステリーだけじゃありませんわ。賢治の本も三分の二は私の蔵書なんです」

俺はびっくりして、彼女を見た。

「え、奥さんも賢治ファンだったんですか」

「はい。主人とはその縁で知り合ったんですもの」

「すると、やはり盛岡の大学で」

「羅須地人《らすちじん》クラブを作っていましたの」

「なるほど」

だからいつか、大学で賢治の研究会にいた——と説明したとき、後藤は照れたような顔つきになったのだ。

「ひょっとしたら小山田先生たちも、おなじ仲間でしたか」

そう聞いたのは、小山田が東北出身であると知っていたからだ。果して夫人がうなずいた。

「小山田さんだけじゃありませんわ。江馬さんもクラムボンさんも」

「それそれ」

俺は笑った。

「なんです、そのクラムボンというのは。たしか、宮沢賢治に出てきたんじゃなかったかな」

「あら、よくご存じ。『やまなし』という童話に出てきますわね。ほら、子蟹《こがに》たちが川の底で話しますでしょう。クラムボンは笑ったよ。クラムボンはかぷかぷ笑ったよ。クラムボンは跳ねて笑ったよ」

「ああ、やっぱり。しかしなぜあの人がクラムボンなんです」

「盛岡でも名門の生まれだから……倉村家のぼんぼんだから」

「ははあ、それでクラムボン」

突拍子もない語呂合わせに苦笑した矢先に、入口のドアが軋《きし》んだ。いま噂《うわさ》にのぼった当人をふくめて、羅須地人クラブのメンバーが後藤に案内されてきたのだ。大学時代の仲間なら、気のおけない連中ばかりだろう。お邪魔虫になってはわるいから俺は気をきかせようとした。

「じゃあ、このあたりでそろそろ」

「まだよろしいじゃありませんか」

夫人の笑顔には、男ならだれでも、磁石にひかれる鉄片となりそうな吸引力があった。

「このバーの定員は、十二名ですのよ」

「はあ、では」

のこることにして、俺はカウンターのいちばん隅っこにうつった。

しきりとしゃべりたてながら、男たち四人はてんでに椅子のひとつを陣取る。彼らにサービスしようと、朱美夫人がカウンターの内側を移動していった。

聞くともなく彼らの会話が耳にはいってくる。グラスにじゃれている間に、いつとなく四人プラス朱美夫人のおしゃべりに聞き入っていた。

「……わけがわからんぞ」

うなったのは、江馬だった。横目で見ると、彼の頭は隣の小山田のむこうに飛び出していた。

「するとどうなるんだよ？」

キンキン声の倉村がいった。

「後藤が知らんということは、だれかが台本を水増ししたことになる……」

こちらに背を向けている小山田は、ゆっくりした口調だった。

「そんな時間はあったのかね」

と、倉村。

「ある……だろうな」

小山田が答える。

「ワープロで打って台本を突っ込むだけのことだ。一話ごとにホチキスで綴じてあるが、全体はクリップだ。クリップを外して、適当なところへはさむ。またクリップ止めする。三十秒とかからんだろう」

「あのタレント……三木七重とかいったな。台本は彼女が持っていただけじゃないぜ」

「わかってるさ。照明係も持っていた。だから台本は二冊だ」

「幻灯の係の台本はどうだった？」

江馬が口をはさんだ。

そういえば幻灯を操作していたのは、やはりアルバイトらしい女の子だ。およそ化粧っ気がない少女だったが、目鼻だちはととのっていた。

「彼女が持っていた台本には、贋作は付け加えられていない。仮にはいっていたところで、スライドの写真がないんだからな」

これは後藤の答えである。童話によって、幻灯は使われたり使われなかったりしたから、贋作の朗読にスライドがなくても、だれも不審に思わなかったろう。

「それに宮城《みやぎ》さんは、今日うちへきたあとずっと台本を身につけていた」

あの化粧っ気のない女の子は、宮城というのか。

小山田がまた考えながら口をはさんだ。

「ナレーターと照明のふたりは、どうだったんだ」

それには答えず、後藤が奥さんを呼んだ。

「朱美」

「はい？」

「おぼえてるかね。高沢くんと三木さんが、台本を離したことがあったかどうか」

「さあ……聞いてみるわ」

「高沢くん、まだいるのか」

「下を片づけているはずよ」

朗読した場所を模様替えして、そこでみんなが食事をとった。高沢たちも同席したが、ほかの客が大勢いる中ではだれも贋作の話題を出さなかった。それがすんでから、明かりをバラしにかかったに違いない。

朱美が急ぎ足で出ていったあと、男たちの間で、なおも話がつづいた。

「信じられない……」

かすれた声は倉村のものだ。

「なぜあの話が、あんなところに出てきたんだ？」

ふだんのカン高い声は置き忘れて、地面からわき出るみたいに押し殺した調子だった。

「それがわかれば、だれも深刻になりゃしないよ」

後藤が応ずるのを聞いて、俺は気にかかった。日頃のほほんとしている後藤にしては、珍しく真剣なのだ。こうして話を聞いているだけでも、彼ら四人が贋作の出現にショックを受けていることがよくわかった。事情はさっぱり摑《つか》めないが、ではあれは単純な悪戯のたぐいではなかったのか。

空になった俺のグラスが、カランと朗らかな音をたてた。溶けかかっていたロックの氷が、氷山から滑り落ちたのだ。それでやっと、男たちが俺に気づいた。

「……」

いっせいに白い目がこちらをむいた。

2

あわてたように、後藤が仲をとりもってくれた。

「あ、こちら先輩の可能克郎《かつろう》さんです——どうでしたか、朗読会は」

とってつけたような陽気さだった。

「よかったですよ。庭の雪がすてきなムードでしたねえ」

「そりゃあどうも。実はここにおいでのみなさんは、私の大学時代の友人でしてね。宮沢賢治フリークばかりなんです」
「羅須地人クラブ、という看板をかかげてました」
　ぬう、という感じで江馬が立ち上がり、かるく頭を下げた。印象はキリンか電柱とい
うところだ。臙脂《えんじ》色のセーター一枚はいかにもラフな恰好《かっこう》だ。いくら地元の人間でも、
よく寒くないものだと思う。もしかしたらカシミヤかもしれない。高そうなシルクのマ
フラーを無造作に巻いてアクセントをつけている。一見したところより、はるかに金を
持っていそうな男だった。
「江馬透《とおる》です」
「イラストレーターです、電信柱は」
　といってから、あわて気味に後藤は注釈した。
「今じゃそんなあだ名で呼ぶ者はいない……地元では有名人でしてね」
「おだてるなよ」
　冗談めかしているが、目は笑っていない。へんに凄味のある声だったから、後藤はそ
れっきり言葉をのみこんだ。
　そのむこうから倉村が首をのばした。
「倉村恭治《きょうじ》です……鷹取《たかとり》市をご存じですかね」
　小男がふいにそんなことを聞いてきた。鷹取といえば関東平野のはずれにある、人口

十万台の小都市だ。偶然、俺はよく知っていた。

「知っていますよ。両親がそこで暮らしているんで」

「それはそれは」

倉村は目をなごませた。それまでの彼は、どちらかというと猜疑心《さいぎしん》に満ちた目つきだった。七重の朗読を最初に止めたのは、彼だ。そのときの高飛車ぶりが記憶にのこっていて、目の光といいカン高い声といい、肉食性の鳥——鷹ほどの貫禄《かんろく》はなくて、せいぜい百舌《もず》——のように酷薄な印象だったが、笑うとびっくりするほど人なつこい。相手次第で自分を変化させる点では、百舌というよりカメレオンに近い人物のようだ。

「わたくし、鷹取で緑地部長をつとめておりまして」

親父から聞いたことがある。首都圏の膨張と発展に乗り遅れた鷹取市では、水と緑の町を標榜《ひょうぼう》して、エコロジーシティを売り物にしはじめたそうな。このいかにも役人ふうの男は、鷹取市の尖兵《せんぺい》をつとめているのだろう。

最後にのこったのは、小山田徳三だった。羽織の裾をひるがえして、彼は九十度首をひねった。

「あんた、どこかで……後藤の、なんの先輩でいらっしゃるのかな」

いいかけたとき、ドアの軋む音があがった。

「お邪魔しまあす!」

朱美に連れられて、七重が顔を見せたのだ。若い女性独特の語尾をのばす言い回しで、男性軍全員に公平な笑顔を分配した。つけたりみたいにカウンターの隅の俺に視線を移して、彼女は

「あら」

といった。

「可能さんですね？　〝夕刊サン〟の……」

「え、俺を知ってるの」

「はい。いつかユノキプロでお会いしました。キリコさんに会いにいらしたとき」

七重が妹とおなじプロダクションに在籍していることは知っていたが、俺に面識があったとは気づかなかった。

「なんだって会いに行ったのかなあ」

「殺人事件について、キリコさんの意見を聞きにいらしたんですわ。彼女は名探偵ですものね！」

それを聞いて、一同がどんな具合に動揺したのか――正直いってくわしく覚えていない。後で思い返すと、動揺というよりむしろその反対であった。一座の空気は凍りついたのだ。妙なたとえだけれど、オホーツク沿岸では流氷が間近に押し寄せると、ガラス窓がミシミシと音をたてる。強烈な寒気で部屋の内と外の温度差がはげしくなるからだ。

この場の有り様は、流氷前夜の北国にそっくりだった。

いいだした七重のほうが、まごついたようだ。

「あの、なにか……」

私、いけないことでもいったのかしら。そう問いかけたみたいに、きょろきょろとあたりを見回した。そんな彼女を見向きもせず、小山田が軋りだすようにいった。

「やっと思い出したよ。そうか、あんたとは〝夕刊サン〟の仕事で会っとる」

「どうもその節は」

俺はシレッとした顔で挨拶を送った。はっきりいってこの先生は、扱いやすいタチの作家じゃない。できることなら俺を忘れていてほしかったのだが、七重にここまで突っ込まれては隠しようがなかった。仕方がない、どうせ後藤には面が割れているのだ。記者として開き直ることにしよう。

大きな目をくるくるさせた七重は、あらためて、羅須地人クラブのメンバーに頭を下げた。

「さっきはごめんなさいい……不勉強でした」

「いや、それよりもだね」

遠慮がちに後藤がいいだすと、タレントらしい早口でひと足先にしゃべった。

「プラネトーのことでしょう?」

「……それならもういいんだよ」

江馬がしゃがれ声でいい、小山田がすぐにつづけた。

「全体としてはいい出来だった。ご苦労さん、今夜は盛岡に泊まるんだろう？　まあ一杯おやりなさい」

わざわざ朱美夫人が呼びにきたのだから、てっきりミスを叱られるものと思っていたに違いない。明らかに七重は肩の荷を下ろしたようだ。

「ありがとうございます！　いただきまあす」

気楽にコップをもらって、ビールをつがれている。俺はひどく半端な気分になった。なんだ、この連中は——どういう経緯があって、贋童話が彼女たちの台本にまぎれこんだのか、それを追及するためにここへ呼んだのではなかったか。

俺はひょいと椅子から下りた。

「あら……」

もう一度止めようとした朱美に気づかぬふりで、俺は一座に会釈した。

「お先に失礼します」

送ろうとした後藤にかぶりをふった。

「大丈夫だよ。玄関がわからなくなるほど酔ってやしない」

後を笑いでごまかして、俺はライブラリー・バーを後にした。ドアを閉じながら一瞥《いちべつ》した図書館は、照度を落とした間接照明のせいもあって、陰気な水族館みたいに見えた。高い天井はいっそう高く、灰色の陰影に埋もれて見えた。

（そうだ。この巨きな室にダルゲが居るんだ。今度こそ会えるんだ）とおれは考えてちょっと胸のどこかが熱くなったか溶けたかのような気がした。

賢治の小品を思い出しながら、俺はさっきまで食事のテーブルを囲んでいた広間にもどった。ちょうど高沢青年が、重そうな抵抗器を下げて玄関へ出てゆくところだった。俺は彼の後を追った。

3

いいタイミングだった。宮城と呼ばれた幻灯係の女の子といっしょに、高沢は照明器具をワゴンに収容していた。駐車場らしいそこには、高宮照明と車腹に記されたワゴンが、一台停まっているきりだ。

雪はもうあがっていたが、ガスライトを模した玄関の明かりに照らされて、一面銀色のクロスを敷きつめたような空白が、ひどく新鮮なながめだった。客はみんな徒歩で集まったものとみえる。ふだんは無愛想きわまりないはずの駐車場が、雪の魔法のひと降りでこうも幻想的な風景に昇華するとは。

「お疲れさま！」

できるだけ軽い調子で、ふたりに声をかけた。いまではだれかれの区別なく使っているとはいえ、「お疲れさま」は一応業界用語である。高沢より先に宮城が、白い歯を見せて挨拶を返した。

「お疲れさまです」

「忙しい？　いま」

俺はワゴンに近づいた。足の下で雪が鳴った。これがキックキックトントンという響きか。

「あとは会社に帰るだけというんなら、悪いけどちょっと取材につきあってくれないかなあ」

「取材ですか？」

と、女の子。うん、いい顔をしている……オジサンとしては、厚化粧の女より素肌で勝負している少女に、目が移るのだ。

「ああ。東京の新聞社なんだけど」

「へえ！」

てきめんに高沢という青年が乗り出してきた。

「東京の新聞ていうと、朝日ですか、読売？　毎日？」

「そんなメジャーじゃないけどさ」

俺はちょっとビビりながら、名刺を出した。でたらめと思われては困る。

「〝夕刊サン〟──知ってる？　高沢くん」

宮城に聞かれて、青年はあいまいにうなずいた。

「うん。聞いたことはある」

「まあ、知る人ぞ知るという程度だけどね。歴史は古いよ」

ゴシップ中心の三流紙とは、いくら三流記者の俺でもいいにくいから、そのあたりは適当にごまかした。

「うちが新しく雑誌を出すんだ。その柱として」

「宮沢賢治ですか」

高沢が薄笑いした。地元の人間としては食傷しているのだろう。

「まあそうだ」

俺も仕方なく笑い返した。東京のマスコミは知恵がないと思ったのかも。

だが宮城嬢は素直によろこんだ。

「凄いわね。賢治は岩手の一大観光資本じゃなくて」

「で、きみたちにも取材したい——食事の後なんで、コーヒーぐらいしか奢《おご》れないんだが」

「いいですよ」

シニカルな口調と表情だが、根はいいやつなんだろう。俺をワゴンの後部席に乗せてくれた。

「泊まりはどこです」

「盛岡グランドホテル」

「へえ……」

ミラーに感心したような高沢の顔が映り、俺は少しばかりいい気分になった。

「いいところへ泊まるんですね。さすがに東京のマスコミだ」

「あそこ、盛岡の迎賓館ですもんね」

社長命令の出張というので、経理が大盤振る舞いしてくれたのだ。

「だったらあそこのラウンジへ行くか」

高沢がハンドルを切った。ホテルは繁華街をはずれた高台にある。東京の新築ホテルみたいに高層ビルではない。落ちついた色調の低層建築だが、高台なので一階のラウンジからでさえ、見渡す限りの夜景は、貴金属売り場みたいな輝きに埋められている。

「賢治が見たら、なんていうかしらね。やっぱり星や天の川のほうがきれいだっていうでしょうね」

「人工ダイヤの安易なきらめきだっていうさ」

高沢が鼻先で笑った。この青年が人を馬鹿にしたような口調なのは、もとからの癖らしい。盛岡の夜景から貴金属売り場を連想していた俺は、内心赤面した。

ひと通り彼らの賢治観を聞いて、ホッとした。俺たちが賢治文学に抱く印象と、さほどの違いはなかったからだ。それでも宮城が最後につけくわえた言葉、

「賢治って怖い人」

というところにちょっとひっかかった。

「怖いって、どうして」

「『復活の前』ってみじかい言葉を集めたものがありますわね」

彼女は、当然俺が知っているものとして話しかけてきたのだが、あいにく俺は知らなかった。お恥ずかしい限りだ。そういうと、彼女は親切にその一節を暗唱してくれた。

「暁烏さんがいいました『この人たちは自分の悪いことはそこのけで人の悪いのをさがし責める、そのばちがあたってこの人たちは悲憤こう慨するのです』」

「『復活の前』なら、それより俺はこっちが怖いな」

と、高沢がいつになく真面目な顔でつけくわえた。

「なんにもない、なぁんにもない、なぁんにもない。」

宮城がすぐにつづけた。

「戦が始まる、ここから三里の間は生物のかげを失《な》くして進めとの命令がでた。私は剣で沼の中や便所にかくれて手を合せる老人や女をズブリズブリとさし殺し高く叫び泣きながらかけ足をする。」

賢治について無知だった俺は、一瞬ぎょっとなった。ほの暗いラウンジにひらめいた彼女の唇に、愚問を発した。

「それも……宮沢賢治なのかい」

「そうですよ」

いったん口をつぐんでから、宮城はニッと笑った。

「怖いけど、面白いわ」

「あの時代にしてはふしぎなくらい、ブラックユーモアを持っていますよね、賢治という人は」

高沢もいう。

「ああ……そうだね」

不得要領な返事をしながら、俺はメモをとっていた手を休めた。『銀河鉄道の夜』や『風の又三郎』などで、宮沢賢治という人物を、童心豊かな幻想作家とのみ思い込んでいた俺は、とんだ考え違いをしていたような気がする。帰ってから勉強しなおしだ。そう思いながら、俺は例の話を持ち出した。

「朗読会に飛び出した贋作のことだけどね」

「ああ、あれ！」

宮城が少女っぽい声をあげた。

「あれなら、私も高沢くんといろいろ話したんですよ。それで一応の結論を出したわけ」

「結論が出たの？」

彼女の大人っぽいいい方に面食らいながら、俺は尋ねた。

「一度も手離さなかった私の台本には、あのプラネトーっていう話ははいってなかったんです。でも高沢くんは……」

いいかけると、本人が後をひきとった。

「準備が終わったところで、おなかがすいたもんだから、近くへラーメン食べに行きました。きっとそのとき、やられたと思うんだな」

「あなたひとりじゃなかったんでしょう？」

「ああ、うん。三木さんもついてきた」

「ついてきたんじゃなくて、誘ったんじゃない」

からむような調子が耳についた。苦笑して、高沢がいいなおした。

「まあね」

「だから」

と、少女が俺をむいて説明した。

「その間、ふたりとも台本をあそこへ置きっぱなしにしたんです」

「仕方がねえじゃねえか。まさかあんなことになると思わなかったもんな」

「だってあのときは、もうお客さんが集まりかけていたじゃない」

「台本に悪戯されるなんてよ。常識からいってそんなこと考えねえよ」

やりとりが険悪になったので、俺はいそいで間にはいった。

「待ってくれ。するとその時刻ってのは」

「開場が四時半だから……留守にしたのは、半から四十五分まででしたね」

「ありがとう」

メモ帳をもう一度開いて、その時刻を書き留めた。俺の耳に、宮城嬢の声が飛び込んできた。

「罰があたったのよ」

「なんの罰が」

「私をほっといて、タレントと食べに行くから」

「こいつ。焼き餅焼いてるのか」

たぶん俺は驚き顔になったのだろう。シニカルなはずの高沢が、まともに照れた。

「この女、俺の女房なんです」

「女だなんて。たまえって名前があるのよ」

「きみたち、結婚してたのか……」

少女だとばかり思っていた宮城たまえの顔が、ふいに大人っぽく見えてきた。

「入籍前ですがね」

「夫婦別姓論者だもんねえ、私たち」

なんだ、こいつら。いつの間にかふたりは手を取り合っていた。癪《しゃく》にさわるがこのラウンジは、カップルにもってこいのムードである。

「はじめての夜が、このホテルだったわね」

「うん。ダブルをとったら、音楽を聞ける椅子が二脚ならんでてさ……ボディソニックチェアとかいうんだ。それでロックなんか聞くと、体中がマッサージされてるみたいに震えたっけな。可能さんの部屋にもついてますか?」

「シングルにそんなものがあるかよ」

俺はふくれた。せめて部屋に帰って、愛妻に電話することとしよう。

つぎの朝、俺は盛岡を後にした。

ライブラリー・バーで会った羅須地人クラブの不審な様子は、俺なりに淡い興味を抱かされた。だから若いふたりに、贋作出現の経緯を追求したのだが――翌日になると、俺はころっと贋作事件を忘れてしまった。

あれ以上追いかけたところで、集まった中のだれかが、朗読会のどさくさに紛れて、自作の童話をタレントに読ませようとした、その程度の悪戯と思ったのだ。

おれがその悪戯を思い出すまで、ふた月近い時間がかかった。

やまなし

1

新しい年はとっくに明けていた。平成八年、一九九六年、敗戦五十一周年と呼ぼうか、あるいは阪神大震災一周年とでもいうか。

東京はあいかわらず不景気の直中《ただなか》にあった。だれもが、今年こそは震災もなくオウムもない平穏な一年でありますようにと、祈ったはずだ。

そんな年にも運命というものがあるとすれば、よりによってその日、俺が珍しく地方紙に目を通していたことだろう。

「ん？」

俺は目をこすった。斜めに読み飛ばしていた新聞記事の一部が、どこやら神経に触る部分があったからだ。べつだん速読術を会得してはいないが、長年の間記者商売をやっていると、おのずと活字を追うスピードが早くなる。猛烈な勢いで目を走らせながら、勘どころはちゃんと抑えるからふしぎだ。

このときがそれだ。

いったいなにが俺の第六感をピリリと震わせたのかわからない。ハイウェイなみの速力で通過した紙面を、あらためてローカルバスの速度で咀嚼《そしゃく》してゆくことにする。俺がひろげていたのは、山梨タイムズの社会面だった。

(どうってことないじゃないか)

読み返したのだが、いっこうにひっかかるものがなかった。

変哲もない交通事故の記事。

リニアモーターカーの実験線の話。

いじめについてのコラム。

酔いどれの水死。

「あ?」

つい、声が出てしまった。これだ。

俺は顔をしかめながら、その小さな記事に食いついた。

笛吹川にかかる根津橋という橋がある。その袂《たもと》に、万力《まんりき》公園の万葉の森がある。そこから流れだしたせせらぎが、笛吹川にそそいでいる。そのあたりで、倉村恭治という男が酔って溺死していた——というものだった。

倉村恭治。

あの小柄な男だ。

鮮明な記憶がよみがえった。

カン高い声で、三木七重にからんでいた奴。下からすくいあげるような視線がうっとうしかった奴。それでいて俺が後藤の知人と知ると、いやに愛想がよくなった奴。

鷹取市の緑地部長といっていたっけな。道理で小役人の体臭がぷんぷんとしていた。

あのクラムボンがなあ。

俺はふっとため息をついた。

人の命なんて、わからんもんだ……。

新聞をたたもうとした俺は、ついでのことに問題の橋がどこにあるのか、確認することにした。

「山梨市か」

確かめてから、俺は山梨タイムズを新聞掛けに返しにいった。もどろうとした足が止まった。おかしな暗合に気がついたのだ。

（やまなし……クラムボン……）

俺はくすくす笑った。あいつのあだ名はクラムボンだった。その名前が登場する賢治童話は、『やまなし』といった。

そうか、クラムボンの死に場所としては、やまなしはぴったりだよ。まるで誂《あつら》えたみたいじゃないか。そこまで考えてから、俺はその童話『やまなし』の内容をまるっきり忘れていることに気づいた。

かりにも賢治を新雑誌に取り上げようというのだ。こんな機会に少しでも読んでおいたほうがいい。そう思った俺は、社の図書室へ足をはこんだ。わが社に宮沢賢治はふさわしいとはいえないのだが、社長のお声がかりで、殊勝にも賢治全集を全巻揃《そろ》えたばかりだった。粗末なパイプ椅子だが、テーブルに載せた賢治童話は、さすがに手になめらかである。

『やまなし』はすぐみつかった。

俺は読んだ。みじかい話なのですぐに読了した。

「……」

それっきり、俺は長い間椅子に腰を下ろしていた。

おかしな童話だった。水底の蟹の視点から書くという、賢治ならではの擬人化だ。蟹の子供が吐き出す泡が、「水銀のように光って斜めに上の方へのぼって行きました」なんていう描写は、みごとなものだ。「つうと銀のいろの腹をひるがえして、一疋《いっぴき》の魚が頭の上を過ぎて行きました」まぎれもなく水底から、水面を見上げている光景だ。

それはいい——読み捨てできなかったのは、つぎの文章だった。

「クラムボンは死んだよ。」

「クラムボンは殺されたよ。」

「クラムボンは死んでしまったよ……。」

「殺されたよ。」

「それならなぜ殺された。」兄さんの蟹は、その右側の四本の脚の中の二本を、弟の平べったい頭にのせながら言いました。

「わからない。」

魚がまたツウと戻って下流の方へ行きました。


クラムボンは殺された……その文字に対するイラストは、無数の細かな描線で構成された波だった。紙そのものが縮緬《ちりめん》加工されたみたいに、美しい絵柄だ。

俺はぼんやりと本を眺めていた。蟹の兄弟のおしゃべりが、俺の耳の底で長い長いエコーの尾をひいている。

「クラムボンは死んだよ」

「クラムボンは殺されたよ」

俺はいそいで引出しをひっこ抜いた。整理整頓が不得手な俺にしては、目指す相手の名刺を案外簡単にみつけることができた。それはそうだろう、つい十日ほど前に会ったばかりの男だから、名刺は手つかずで引出しのいちばん上にはいっていたのだ。

すぐに電話をかけた。

「もしもし、山梨タイムズさん？　社会部の木村《きむら》さんいますか。〝夕刊サン〟の可能というんです」

さいわい相手は在席していたが、最初にうけた男がちゃんと受話器を蓋《ふた》しないものだから、先方の会話が筒抜けになった。

「キムタクさーん。可能って人から電話ですよお」

キムタクとは似ても似つかぬオジサンだったが、あだ名なんて無責任なものだ。遠くで当のキムタクの返事が聞こえた。

「可能？　男か女か」

「あいにく男です。サラ金の催促じゃないすかあ」

「なにをぬかす。肩書はいわなかったのかよ」

「あ、いってました。〝夕刊サン〟――」

「それを早くいえ！」

突然声が大きくなって、呼びかけてきた。

「どもども、可能先輩ですね？」

「俺はキムタクなんて有名な後輩を持った覚えはないぜ」

そういってやると、相手はケラケラと笑った。俺も調子のいいほうだが、こいつは俺に輪をかけてC調な奴だった。舌先でスノボーができそうなほど、滑らかにしゃべりたてる。海千山千のブン屋には、口の軽さはあくまでフェイントで、煙に巻かれているとだしぬけにシビアに変身して、ぎくりとさせる手合いがいるが、木村の場合は性格まで軽いようで安心だ。紹介されたばかりの俺に、その夜のうちに奢ってもらって、会社の内情までぽろぽろしゃべったのだから、底が知れてる。

「なんですか、可能さん。山梨へきてるんですか。だったら今度は俺が奢りますよ。安くてうまくて女のいい店、知ってます」

「いや、ちょっと聞きたいことがあって……」

饒舌《じょうぜつ》に手を焼きながら、俺はいった。

「今日の山タイに出ていた水死人のことなんだ」

「ああ、倉村って役人ですね」

打てば響くように答えた。さすがは地元記者だ。

「可能さんの知人でしたか」

「まあね……知らない仲じゃないんだが」

俺は言葉を濁した。

「純然たる事故なのかい」

「え！」

木村の声が高まって、かえって俺を狼狽させた。

「事件になりそうですか！」

「いや、そうじゃなくて」

軽すぎる性格の上に人並みに野心だけはあるから、用心して口をきいたほうがいい。

「警察ではどう判断してるんだろう」

「なにか知ってますね、可能さん」

キムタクは執拗《しつよう》にからんできたが、俺は知らぬふりをした。

「そうじゃないさ。まんざら知らない仲じゃないんで、状況を聞いておきたいだけだ」

「本当にそれだけですかあ」

まだ疑念がのこる口ぶりだったが、しぶしぶ木村は山タイがつかんだ情報を話してくれた。

それによると、倉村の死はこんな按配《あんばい》だった。

2

二月五日の朝五時三十分ごろである。高橋《たかはし》という初老の男が、自転車で万葉の森をぬけて、橋の袂にある展望レストランに新聞を配った。会社を定年でやめたばかりの彼は、朝の運動代わりに、新聞配達のアルバイトを引き受けていたのである。

高橋が担当する地区の配達はその店が最後だった。ひと息ついた彼は、いまきた道を引き返そうとして、思いなおし、堤防にのぼった。

右手に長くのびた根津橋は、国道一四〇号線とわかれて山梨市駅前にむかう道だ。橋のむこうをＪＲの中央本線が走っているが、橋桁に邪魔されて堤防からは見えない。対岸でめだつ建物といえば料亭が一軒きりで、あとは低い家並みが堤から見え隠れしているだけだ。

森からつづくせせらぎが堤防の内部の緑地を割り、一メートルほどの段差をへて、笛吹川にそそいでいる。季節がら枯れ草が敷きつめた形でしかないが、小川の水音が心地よいので、ときどき高橋はこのあっけらかんと広い緑地まで足をのばす。

万葉の森は公園のいわば目玉になっており、この緑地も森といっしょに整備されたのか、よく手入れされていた。流れる水にしばらく目を遊ばせていた高橋は、帰ろうとして妙なものに気がついた。

せせらぎが川に流れ込むあたりに、黒いものが見えたのである。

はじめは、だれか不心得な者がゴミ袋を捨てていったのかと思った。だがよく見ると、その黒いものには手が生えていた。

（人間だ）

ぎょっとしたとたん、喉の奥にゴムボールが詰まったような気持ちになった。

人間が緑地と川の段差のあたりに倒れているのだ。川からはい上がろうとした人間が、左腕をのばして突っ伏した。そんな様子だった。

高橋はあたふたと近寄った。

倒れているのは黒っぽいスーツ姿の男である。顔をせせらぎにつけたきり、ぴくりとも動かない。

（死んでる）

膝から力がぬけてゆくのがよくわかった。それ以上死者の顔を見る気にもならなかったが、さりとてほうっておくわけにもゆかない。がくがくする足をなだめて、やっとレストラン前の電話ボックスにたどり着いた。

パトカーが駆けつけるまでの時間の、長かったこと。最初にジョギングをやっていた青年、つづいて秋田犬の散歩をしていた奥さんが、死体の監視役に参加してくれた。

このあたりの川幅は広い。百メートルはあるだろうか。その大半は河原だが、流れる水はけっこう勢いが強く、そそぎこむせせらぎも冷え冷えとした飛沫《しぶき》をあげていた。

ふん、ふんと鼻を鳴らす秋田犬をもてあましながら、熟年の奥さんは好奇心丸出しで、死体の様子を観察した。

「水に顔を漬けたまま死んでますわね」

「そのようですなあ」

「こんな小さな流れで、溺れたのかしら」

「いや、そりゃあ……」

質問に答えようとして、高橋は言葉に詰まった。ミステリードラマを見慣れているせいか、事件に対する適応性は女性のほうがはるかにあるようだ。

「ジャケットも濡れていませんわね。この方、ここまで歩いてきて、水に顔を突っ込んで溺れ死んだのかしら」

「殺されたんじゃないスかね」

ジョギングの若者は投げやりな口調だったが、関心は十分とみえ、寒気に唇を青くしてまでその場から立ち去ろうとしない。奥さんは丸々と血色のいい顔をふった。

「テレビじゃないんだから、そうそう殺しなんてありませんよ。酔っぱらって、水を飲むつもりで下りてきたんじゃなくて？　ぐでんぐでんだったものだから、水を飲むはずみに顔をつけて息ができなくなって」

「水を飲みにですかあ？」

若者が馬鹿にしたような口ぶりだった。

「夜明けにわざわざこんな場所まで？　コンビニへ行けばいいじゃん。この人、けっこうい服着てるもん、金あると思うんだけどな」

そのとき橋上でサイレンを高鳴らせて、パトカーがこちらへ折れてきた。

犬を連れた奥さんも、ジョギングの若者も、それなりに観察力はたしかだった。警察の調べによると、死んでいた男はアルコールを摂取しており、緑地まで下りてせせらぎに顔をつけたのはいいが、気管に水を多量に吸い込んで溺死状態になったものとわかった。

「おいおい」

話を聞いた俺は、呆《あき》れたような声になった。

「そんなせせらぎ程度の場所で溺死したってのかよ」

「ご存じないんですか、可能さん……泥酔者が深さ三十センチの水で溺れた例もあるんですよ。まして水の流れはけっこう速いんだから、慌てて足を滑らせりゃあなおのこと深みにはまります」

木村はいってのけたが、俺はまだ納得できなかった。

「それにしても、鷹取の役人だぜ、死んだ男は」

「よく知ってますね。そうなんですよ」

「そんな人物が、なんだってそんな時間、そんな場所にいたんだ？」

「死んだ倉村氏が、鷹取市でどんな仕事をしていたか、知ってるんでしょう」

「緑地部長だったかな」

「だからですよ。あの一帯は山梨市を代表する緑地だった。仕事熱心な彼は、夜にもかかわらず見学しておきたい、そういっていたというんです」

「え？　だれがそんなことをいったんだ」

「倉村の友人たちだそうです」

「友人というと」

「えっと、なんといったかな。羅須……羅須地……」

木村は口ごもったが、俺はすぐわかった。

「羅須地人クラブか！」

「それです、それです。宮沢賢治を研究している物好きな連中だとか」

物好きはないだろう。今年は賢治生誕百周年だぞ。そういってやりたかったが、やめた。俺にしても社長命令がなかったら、賢治の取材なんてご縁がなかったはずだ。

「羅須地人クラブってのは、盛岡の大学の同窓生だぞ。なんだってそんな仲間が、山梨にあらわれたんだ」

「目的は山梨じゃないんです。安曇野《あづみの》だったそうです」

地理にうとい俺は、あわてて頭の中に日本の白地図をひろげた。そこに山梨市と安曇野を書き込もうとしたが、うまくゆかなかった。

木村は俺の思惑とかかわりなく話をつづけた。

「その帰り道で途中下車したらしいんですよ」

「ははあ？」

俺はまったく知らなかったが、長野県の安曇野に、森のおうちという小さな美術館があるらしい。カントリーふうの木造二階建て、手っ取り早くいえば山小屋めいた建築の、絵本美術館だという。

俺に知識のないことを知って、木村がファックスで森のおうちのパンフレットを送りつけてきた。

そこにはこんなことが書いてあった。

〝森のおうちは宮沢賢治の世界のように『生きとし生けるものの生命の大切さ平等さ』をモットーに、様々な児童文化の世界を展示して、ひたすらあなたのお越しをお待ちしてい〟る場所なのだ。

たまたまこのとき、森のおうちでは賢治生誕百年記念として、〝冬と星の特集〟を催していた。副題は〝画家小林敏也と賢治が奏でる二重奏〟である。副題にはいっている小林という画家は、『どんぐりと山猫』以来画本宮沢賢治のシリーズを、十二冊上梓《じょうし》していたらしい。

〝オリオンが雪と霜とを落とす頃　あずみの里の「森のおうち」で幻灯と原画の展示を致します。館長の酒井さんがお部室を暖かくしてお待ちです、とびどぐ持たないでおいでください。山ねこ拝〟

というのが招待の文句だった。

羅須地人クラブのだれか——あるいは全員のところへ、このパンフレットが送られてきたのだろう。さてこそ、連れ立ってはるばるやってきたに違いない。

もっとも倉村恭治は関東圏の鷹取市在住だし、小山田徳三は鎌倉に住んでいる。いまも盛岡にいるのは、後藤夫妻と江馬透の三人だけのはずだ。

「そのクラブだったら、作家の小山田先生がまじってたんじゃないか」

「え、小山田徳三ですか？　あのお色気で売ってる……」

木村はなにも知らないようだ。たぶん小山田が、純文学出身であることも知らないのだろう。

「そうか。あんたが聞いてないのなら、先生はこなかったんだろう」

「へーえ。小山田先生がねえ……宮沢賢治のファンだったのか。そのほかにどんな人がいたんです、そのクラブには」

「おい、聞いているのは俺なんだよ。倉村さんは、別行動をとってたのか？」

「そうらしいです。……警察の話だと、彼といっしょに安曇野まで行ったのは、男ひとり女ひとりでした」

「後藤という夫婦なんだな」

「え？　いや、夫婦じゃありません。男は江馬というイラストレーターで、女性は後藤朱美という女医さんでした。ふたりとも車でべつべつにきて、倉村氏とは松本で落ち合ったようです。盛岡を出たのが四日の早朝でした。高速道路のおかげで遠出が簡単になりましたね」

「それにしても強行軍だな」

「江馬氏も後藤夫人も、車大好き人間なんです。中央高速はまだ一度も走ってないというので張り切ったらしいです」

「ふうん」

行ったのは三人だけか……すると後藤秀一はどうした？　ちょっと考えたが、銀河ステーションは日曜が書き入れだ。オーナーシェフが店をほうってまで、信州まで足をのばすわけにゆかなかったのだろう。

「その後、倉村氏は後藤夫人の車に便乗して、安曇野にむかった。これが四日の午後三時ごろです」

森のおうちの展示をのんびりと見てから、帰路は松本で食事をとり、ふたたび三方向にわかれたという。

「三方向といっても、車のふたりは盛岡にむかったんだろ」

「いや、江馬氏は八王子に用があって一泊したし、後藤夫人は勝沼の知人の家に立ち寄っています」

「……ということは、警察も一応調べたんだな」

「変死には違いありませんから」

むろんふたりとも、倉村が死亡したと思われる時刻――それは四日の午後八時から九時の間と推定されていた――のアリバイは、はっきりしている。

江馬は当夜の八時三十分に、八王子に新しくできたシティホテルのロビーで、出版社の担当編集者と打合せしているし、後藤朱美は知人が経営する民宿に八時をやや回った時刻に到着して、十時ごろまで歓談していることが確認された。

「江馬さんは仕事か。出版社というのは？」

「文英社の〝BUNBUN〟という雑誌で、賢治特集をやるっていうんです。そのイラストを引き受けることになって。打合せ自体は一時間ほどで終わって、ホテルのバーで飲んだあと泊まっています」

「文英社か」

それなら俺には、知人がなん人もいる。

「夫人が立ち寄った民宿てのは？」

「勝沼荘というんですが……可能さん知ってますか。三木七重っていうタレント」

「三木？　知ってるよ。それがどうした」

「彼女の親戚が経営してるんですよ、民宿を。子供のころ、彼女はそこで養われていたらしいです」

「へえ……」

「で、四日の晩は三木七重もきていました」

「そのタレントなら、去年の暮れ賢治の朗読会に出演してる。場所は盛岡、後藤夫人の旦那がやっているレストランでね。羅須地人クラブの肝入りだから、倉村さんと江馬さんも顔を出していた」

「ええ、俺も聞いてます」

「それで後藤の奥方は、民宿に泊まっていったのか」

「三木家は引き止めたんですが、亭主をひとりきりにしておくと浮気されると笑って……」

「夜のうちに盛岡へトンボ返りか」

「夜の高速なら早いですから」

「そりゃあそうだ」

俺は後藤秀一のにこやかな顔を思い出した。あの顔で浮気するかねえ。もっとも浮気は顔でするもんじゃないが。

しばらく俺が黙っていると、じれったくなったように木村がいった。

「もういいですか、先輩」

「ああ……」

生返事した俺は、しつこいようだがもう一度確認した。

「とにかく、倉村さんの死に怪しい点はなにもなかったんだな」

「全然」

木村は即答した。

「当人は酒が大好きでした。運転して帰るふたりをよそに、松本でがぶがぶ飲んだそうです。それでいて山梨市の公園には関心を抱いていたといいます。変死といっても争った形跡はありませんからね」

「わかった」

俺は諦めるほかなかった。

クラムボンは殺されたよ……か。

けっきょく考え過ぎだったようだ。俺は礼をのべて電話を切った。

3

俺が盛岡の後藤に連絡をとったのは、だから、まったく他意がなかった。たった一度とはいえ、彼の店で出会った彼の旧友なのだ。悔やみをのべる気になったとしても、無理はないだろう。

銀河ステーションの閉店時刻は午後十時のはずだ。そう思って、十時二十分ごろ電話してみた。

電話口にはすぐ後藤が出た。

「やあ、可能さん」

「残念だったな」

「……えっ」

ひどくびっくりしたような声に、こっちまで驚いた。

「倉村さんのことだよ」

ごくりと喉を鳴らしてから、答えがあった。

「あ……ああ、まったく寝耳に水で仰天しました」

ひどく沈んだ調子になった。

「なにしろ、その日の夕方まで、朱美や江馬がいっしょだったんですから」

「知ってる」

手短に、なぜ俺がクラムボンの死を知っているか、話してやった。

「なるほど……それでご承知だったんですね。倉村の仕事熱心が命取りになりましたよ。葬儀は住んでいた鷹取で行われますが、いずれ羅須地人クラブでも、なにかしてやりたいと思ってます」

「とんだやまなしになったなあ」

思わず俺はそう口走っていた――その言葉が、またひどく彼にショックを与えたみたいだ。

「な、なんのこってす！」

「おい、おい」

俺はまたびっくりさせられた。仮にも賢治ファンなら、クラムボンのあだ名からやまなしを連想しないわけがない。そう思っていたからだ。

「倉村さんのニックネームはクラムボンなんだろう。その彼が、山梨市駅のそばで死んだんだぜ。俺だって考えつくじゃないか。クラムボンは死んだよ……クラムボンは殺されたよ」

「……」

受話器のむこうに深い淵《ふち》がよどんだようだ。

しばらく待ったが、さっぱり後藤の反応がない。俺は心配になってきた。

「もしもし」

「はい」

かすれたような答えがあった。

「どうした、後藤の旦那」

「……そういう考え方もあるんですね」

やっとのことで、彼は言葉らしいものを継いだ。その瞬間だ、俺があのときの——銀河ステーションのライブラリー・バーでの——一座の異様な雰囲気を思い出したのは。

文字通り、その場の空気が凍りついた。

あれはいったい、どんなきっかけで起こったのだろう。

そうだ、三木七重が漏らした言葉のせいだ。

「殺人事件について、キリコさんの意見を聞きにいらしたんですわ。彼女は名探偵ですものね！」

なにかある。

俺にしては珍しく確信めいたものを持った。

羅須地人クラブのめんめんは、なにか秘密を共有している。そのこだわりが、〝殺人事件〟というキーワードに異様な反応を示したのだ。そしていままた、〝クラムボンは殺された〟という一節にアレルギーを生じさせた……。

事件がすべて解決した後、俺は遅ればせながらこの解釈のミスを悟った。

考えてみれば当然ではないか。

いまごろ〝クラムボンは殺された〟の文言に驚くくらいなら、部外者の俺の言葉を待たなくても、事件が起きた時点で強いショックを受けたに決まっている。そのあたりの微妙なズレが、情けないことに俺にはピンとこなかった。

事件慣れしている俺だが、自慢ではないが名探偵役をこなしたことがない。常に俺はワトスン役を演じるばかりの名わき役だったのである。

だがまあ、そのときの俺は、後藤のリアクションからはっきりと事件の匂いをかぎとったつもりになっていた。

「倉村氏の葬儀は、鷹取でやるといったな」

「鷹取市の公営葬儀場だそうです」

いくらか元気をとりもどしたように、後藤がいった。

「三日後の、午後三時と聞きました」

たとえ事故と認定されても、変死に違いないので遺体は解剖に付されたはずだ。だからすぐ葬儀の運びにできないのだろう。

「盛岡と鷹取では、ちょっと遠いな……あんた、出席するのか」

「出ます」

と、後藤はいった。

「女房は病院の勤務が抜けられないんで、せめて俺だけでも」

小山田や江馬も出るだろう、とつけくわえた。

「それなら俺も行く」

というと、後藤は驚いたようだ。

「可能さんが？　そんな必要はないですよ。たった一度会っただけじゃないですか」

「そういっちゃわるいが、ついでなんだ……たまには俺も孝行するさ」

両親が鷹取市住まいだと説明して、後藤を納得させた。しぶしぶという印象は拭えなかったが。

電話を切った俺は、しばらく沈思黙考した。

俺の様子に、妻の智佐子《ちさこ》がなにかあると勘づいたらしい。

「克郎さん」

と、遠慮がちに呼びかけてきた。

「どうしたの」

このとき俺は、広くはないが居心地のいいリビングのソファに陣取って、長く電話のコードをのばしていた。キッチンの後片づけを終えた彼女が、横に座った。

「なんだか怖い顔をしてるわ」

「そうかい?」

俺はちょっと照れくさくなって顎をなでた。

「俺に怖い顔は似合わないか」

「そんなことなくてよ」

感心に智佐子は、笑いもせずに俺をまじまじと見た。

「たまにはいい」

「たまには、かよ」

「ふだんの克郎さんは、日向ぼっこしている猫みたいに、ぼやーっとしてるじゃない……たまにそんなふうに目を光らせていると、あ、この人は飼い慣らされた猫じゃないんだ、ずっと大型の肉食獣なんだって、認識をあらたにするわ」

大型の肉食獣か……違いない。俺はことのほか肉が好物だ。たとえ売れのこり大バーゲンの油っぽい豚コマでも、喉を鳴らして食べる。

苦笑いしながら、俺はいった。

「つぎの土曜日だが、ちょっと鷹取市まで行ってくる」

「あら」

智佐子が目を大きくした。

「お父さんとこ？」

「それもあるが、ほかに用ができた」

俺が簡単に説明してやると、智佐子はさらに目を大きく、くるくるさせた。

「宮沢賢治、私も好きよ」

と、彼女はいった。

「賢治に殺人事件なんて似合わない」

とも、いった。

「克郎さんは、そのクラムボンて人が殺されたと思ってるの」

「そんな気がするというだけだ」

智佐子の大きな目でみつめられると、俺はいささかたじたじとなった。ついいままで事件だ事件だと気負っていたくせに、たちまちそんなものは、マスコミ屋の妄想に過ぎないように思えてくる。

だが、わが愛妻はいった。

「いいのよ、克郎さん。あなたの気がすむまで調べていらっしゃい」

うかつな俺は、土曜日に彼女の買い物に同行する約束だったことを、やっと思い出した。

「すまん」

「鷹取市でおみやげ買ってきて」

と、智佐子はつけくわえた。

「本町のアーケード街に、和菓子屋さんがあったでしょう？　松風堂っていう……あそこの草餅が気に入ってるの。十個入りひと箱お願いね」

それで埋め合せできるらしい。いい女房を持ったと、つくづく思う。

春と修羅

1

今年は寒暖の波のきつい冬だった。十年ちかく暖冬つづきで、厳しい寒気を忘れかけていた日本人の季節感に、久々に活をいれてくれた。

いま俺は冬枯れの武蔵野を走っている。

乗った列車は新幹線ではない。関東平野の対角線上をトコトコ走っている高崎本線のドン行である。鷹取市は、高崎を北にぬけ、レールの名が上越線と変わって山間部にはいるあたりだ。上越新幹線で高崎へ出て在来線に乗り換えるのが手っとり早いが、急ぎの旅というわけではなく、社用でもないのに高い新幹線の特急料金を出す気にならなかったから、俺は四両連結の電車に揺られていた。

無限につづくかと思われた首都圏の住宅地がまばらになって、景色に田畑の割合がようやく増えはじめてきた。ところどころ雪がまだらにのこっており、日当たりのいい場所わるい場所が一目瞭然だった。

日溜まりに枝をかざして、梅がささやかに咲いていた。白い光の粉が枝という枝に宿っているようだ。俺は目をほそめた。

寒い冬だったとはいえ、春は着実に、もうすぐそのあたりまで近づいている。

それにしても、親父たちは俺や妹をおいて、ずいぶん遠くへ去ったものだ。

可能家は、十年あまり前には都心に居をかまえていた。それも都心の中の都心、南青山である。

青山といってもピンからキリまであって、俺の家は、青山橋の下にひしめく住宅街のお客を相手に、こぶりなスーパーを商っていた。

もとは雑貨店だったから、営業形態をスーパーに切り換えたのは、親父としては賢明な選択であった。当初は順調だった商売がしだいに伸び悩んだのは、土地がせまいため駐車場のスペースがとれなかったからだ。親父は隣地の買収も考えたらしいが、あいにくの地価高騰で折り合いがつかず、とうとう廃業を決意した。おふくろの健康が思わしくなかったこともあり、転地療養の意味をふくめて、おふくろの実家の縁で鷹取市に家を買い、長年の東京の住まいを畳んだのである。

だからといって鷹取市は、軽井沢のようなリゾートタウンとはまったく違う。地味なローカル都市で、人口はせいぜい十万、それもここ数年じり貧状態にある。

東京の威光がおよぶのは高崎までで、市街の先は山だけという袋小路の鷹取市に、よくもわるくも東京の影響はうすい。新幹線にははじめから無視され、上越本線沿いといってもは中心部は鷹取の駅からバスに乗って十五分ほどはいらねばならない。もとはその間に鷹取線という、鼻毛のようにたよりない短区間のレールが敷かれていたが、国鉄末期の大赤字時代に廃止された。

だが親父にいわせると、

「バス区間のおかげで、鷹取市が鷹取市でいられるんだ」

在来線とはいえ幹線沿いに市街地があれば、真っ向から東京の影響をうけるだろうし、流行も情報も地元独自のものは吹っ飛んでしまう。若者は遊びに直行し、老人は大病院の医療を期待して、鷹取に見向きもしなくなる。

おふくろもいっていた。

「町中はともかく、十分と歩いただけで、私が子供だったころと寸分違わない景色に出会えるのは嬉《うれ》しいよ。軽井沢ではこうはゆかないもの」

鷹取市はよくいえば郷愁の町であり、わるくいえば停滞した町であった。

俺は腕時計を見た。十二時を少し回っている。

ひとまず親父の家に腰をすえて、それから葬儀場へ足をのばすことにしよう。

十二時二十五分。鷹取駅に到着した。ホームに下りると、梅が枝をのばしていたが蕾《つぼみ》は固い。高崎以南と鷹取の差をあらためて感じながら、改札口にむかう。といっても、人けはない。

（そうか、無人駅になったんだ）

いつかおふくろにもらった手紙を反芻《はんすう》しながら、駅前に出る。

いくつかビルがふえている。五階建ての小ぶりなビルのガラス窓に、全国ネットのサラ金の支店名が書かれていた。あとはガランとした駅前広場があるだけだ。

タクシーをつかまえようとして考え直し、バスに乗った。

親父のところへタクシーで乗りつけようものなら、皮肉のひとつもいわれるだろう。

「いつそんなに出世した？」

親父もおふくろも自分で車を運転することはなかった。これから先も、生涯免許をとるチャンスはないだろう。老人ふたりがいまでも欠かさない運動は、朝晩の散歩であった。最寄りのバス停で下りる。ここから家まで歩いて十分はかかった。

冬とはいえ風がなく、周囲がひくい家並みで日を遮られることもないから、せっせと歩いていると体が汗ばんできた。

雑木林の中にちっぽけな鳥居が立っていた。童謡に出てきそうな村の鎮守の森だ。林を迂回《うかい》するとすぐ、みごとな生け垣にかこまれた家が見えてきた。かりにも青山の店と土地を売って越してきたのだから、土地は二百平方メートルぐらいあるだろう。都心部では考えられない豪勢さだった。

ただし門は開けっ放しだし、庭木の代わりに芋と葱《ねぎ》がつくられている。東京を離れて健康を回復したおふくろの労働の結晶だ。

「こんちは」

毎度のことだが玄関の鍵もかかっておらず、俺は応答も待たずにあがりこんだ。

親父は日当たりのいい縁側で、足の爪を切っていた。広げられた新聞の大見出し、住専の凸版の上に薄茶色の爪が散ってゆく。

「おう、克郎か」

老眼鏡のむこうからぎょろりと目を光らせて、親父がいった。

「どうした風の吹き回しだ」

よくきたなとは、口が裂けてもいわないだろう。皺は寄っても、群馬の住人になっても、江戸っ子のシャイなところに変化はない。

「おうおう、おうおう」

おふくろが梟《ふくろう》みたいな声といっしょに、顔を出した。鷹取へ越したばかりのころは、会う度にしなびてゆくようでハラハラさせられたが、いまは血色がよく、いくらか若返ってきたみたいだ。

「智佐子さんと喧嘩《けんか》でもしたかえ」

ヤなことをいってくれる。

「とんでもない。仲むつまじいよ。はい」

智佐子に持たされたのは、彼女特製のビッグなコロッケだ。ビーフがたっぷり練りこんである。うちの親どもときたら、年のわりに揚げ物が大好き、それも洋風惣菜が好物ときている。それでいて自分では作ったことがないから、智佐子の手料理はいつも評判の的になった。

「ありがとうよ」

夫婦そろって笑顔になった。

「ゆっくりしてゆけるのかい」

さすがにおふくろは、母親らしい口をきく。だが俺は愛想なく首をふった。

「いや、知ってる人の葬式にきただけだ」

「だれが死んだのさ」

「鷹取市の緑地部長なんだが」

浮世離れたうちの親どもが知っているはずはない――と思っていたが、ちゃんと承知していた。爪きり作業を終えた親父が、話にくわわった。

「倉村のことかね」

「そうだよ」

「あんな男の葬儀に出るのか？」

咎《とが》めるような口調に俺は顔をしかめた。

「評判のよくない人らしいね」

「らしいといって……お前、知らんのか」

「一度会ったことがあるだけなんだ。葬式に出るといっても親しいからじゃない。事件がらみなんで」

俺は口を濁したが、もともと親父は殺人だの事件だのに興味を持つ男ではないので深く追求もせず、ただ倉村評だけを口にした。

「あの男が職についてからだ。鷹取市の公園計画が大幅に変わった」

「すぐそこに鎮守の森があるだろう？　あの一帯を開発して、賢治ランドを作るそうでね」

おふくろも膝を乗り出す。

「ケンジランド？　なんだよ、そりゃあ」

「お前も勉強が足りんな」

と、親父はいった。

「宮沢賢治も知らんとは」

もう少しで俺は、おふくろがいれてくれた番茶を吹き出すところだった。

「ケンジってその賢治かよ！」

「ほかにどんなケンジがある。最高裁か」

にこりともせずに冗談をいうから、始末のわるい親父だ。案外当人はジョークと思っていないのかもしれない。

「倉村という男は大学時代に宮沢賢治が好きだったそうだ。このあたりの風景が賢治好みで、イーハトーブそっくりだといいだしてな」

「へへえ……」

「山があって川があって星がきれいだという。そんなことをいえば、日本中がイーハトーブになってしまうが」

親父が口をへの字に曲げた。笑ったつもりらしい。

「イーハトーブになれるのは、東京や大阪など政令指定都市だけだろう。まあとにかくむりやり理屈をこねて、倉村は鎮守の森をつぶしにかかったんだ。賢治ランドに仕立てて東京から観光客を集める、それが鷹取市の発展につながるというんでな」

親父は鎮守の森といったが、通称を老いの森と呼ぶことを俺は知っていた。

「老いの森をね……」

口にしてから、はっとした。オイノモリ。

宮沢賢治の童話にあるじゃないか。『狼森（オイノモリ）と笊森《ざるもり》、盗森《ぬすともり》』……。

これまた単なる暗合であったろうか。いや、そうではあるまい。賢治ファンの倉村がその話を知らないはずはない。彼が鎮守の森の付近をイーハトーブそっくりといいだした意識下には、オイノモリの名も組み込まれていたことだろう。

おふくろが口をはさんだ。

「だからね、克郎。このあたりでは倉村さんが死んで、みんなホッとしているんだよ。死んだ人をわるくいってすまないけど」

「なるほど……」

俺はすっかり考えこんだ。

「すると反対計画もあったわけだ」

「もちろんあった」

親父がうなずいた。

「それもお膝元の緑地部でな」

「どういうことだい」

「倉村の部下のひとりが、森の隣に住んでおってな。その家の娘さんが、鷹取市の……なんというんだ、それ」

親父が手をひらひらさせた。

「タウンなんとかいった、情報誌だ」

「タウンマガジンか」

「それ、それ。テーク・ザ・ホークというタイトルで」

　鷹を取れ、という誌名のつもりだろう。

「母さん」

　と、親父が大声をあげた。

　そんな大声をあげなくても、おふくろはすぐそばにいるのだが、このところめっきり耳が遠くなっている親父なのだ。

「なんという娘さんだったかね」

「美也《みや》さんでしょ。天本《あまもと》美也さん」

「おう、そうだミヤさんだった。金色夜叉に出るような名前だ」

「その美也さんが、テーク・ザ・ホークの編集長なのか」

「そうなんだ。彼女が調べてみると、老いの森の名がついただけあって、武蔵野の昔の姿をよくのこしているそうだ。社そのものは明治の末につぶれているが、代々の地主が森を大切にしてきたからな。それで美也さんは、賢治ランド反対の運動を起こした」

「その事務局が、天本さんの家にあるんだよ」

「ところが父親は、緑地部に勤めていた……父親と娘の争いになった、と」

「倉村部長から退職をせまられたって、奥さんが困ってましたよ」

と、おふくろ。年は食っても女性の情報収集力はバカにできない。俺は時計を見た。茶箪笥《ちゃだんす》の上にチョコナンとのっているのは、見覚えのあるクラシックな目覚まし時計だ。

「行ってくる」

俺は立ち上がった。

「葬儀場はどこだい。知ってたら教えてくれ」

「公営墓地に隣合っている。自転車で行きなさい、五分とかからん」

タクシーを呼ぶつもりでいたが、おふくろも首をふった。

「若い者が骨惜しみするもんじゃない」

仕方なく十年ぶりに自転車に乗ることになった。

2

感心にころぶことはなかったが、ほんの少し上り坂にかかっただけで、てきめんに顎を出す羽目になった。両親にとっては俺はまだ〝若い者〟だろうが、肉体の衰えは隠せない。鷹取市の墓地はだだっ広い南斜面に設けられていた。東京人の目にはうらやましい限りだ。俺の骨はコインロッカースタイルの墓地に押し込むか、さもなければ海にまけと、智佐子に遺言しておこう。葬儀にむかう途中のせいか、縁起でもないことを考えた。

　墓がならんだ斜面の麓に、葬儀場はあった。鉄筋のドームめいた建物で、予備知識がなかったら体育館と間違えたかもしれない。

　近寄るとドームの前に受付のテントがならんでいた。一切が黒と白のモノトーンにおおわれて、沈鬱な空気が流れていた。テントの前には立て札があり、役所関係、親族関係、一般と厳重に分けられていることがわかった。

　一応俺も喪服っぽいスタイルできたものの、厳粛という以上の緊迫したムードに、いささかたじたじとした。さいわい、後藤がむこうから声をかけてきた。

「どうぞ、可能さん」

　彼は一般の受付をとりしきっていた。盛岡で会ったときにくらべて、顔色がよくない。壁土みたいに生気のうせた顔で、気のせいか頬がこけたように見える。記帳した俺は、小声でたしかめた。

「加減がよくないのか?」

「え……いやいや、好調ですよ」

　それにしては俺の質問に動揺しすぎた。だがそれ以上彼の体調について質問する時間はなかった。香典を差し出す俺の手元が、急にかげったような気がした。江馬がすぐ後ろに立ったからだ。

「これは、どうも……可能さんでしたか」

江馬があいまいな挨拶を送ってきた。たった一度会っただけの倉村の弔いに、なぜ出席するのか。彼の目は咎め立てしているように見えたが、俺は素知らぬ顔で会釈を返し、後藤に尋ねた。

「小山田先生もおいでになるんだろう」

「くるはずですよ。それにしても遅いな。彼には弔辞を頼んであるんだが」

「そのうちくる」

江馬はぶっきらぼうな口調だった。

「遅れてきたほうが貫禄がつく、そう思っているのさ」

刺《とげ》のあるいい方なので、思わず江馬を見た。相手は俺の視線を受け止めて、びくともしなかった。

「商売上手だから、ぎりぎりのところでちゃんと間に合う。小山田はデビューしたときから、そうだったでしょう?」

「まあ、そうです」

俺は認めた。

「だからかえって安心ですよ。原稿が遅れがちになるのは、小山田先生の芝居とわかってますからね」

「さすがベテラン編集者だ。奴さんの手を見抜いておられる」

葬儀場に通ずる扉が観音開きに大きく開いた。葬儀屋らしい色の白い男が、マイクを手に要領よくなん人かを招いた。俺は江馬の肩ごしに、堂内をのぞいた。むやみと金ぴかの印象があったが、内部は手狭に見えた。

「あそこにはいれるのは、だれとだれだい」

からかい気味に聞くと、後藤が苦笑いした。

「クラムボンの上役たちでしょう」

「……倉村氏は、賢治ランドを強力に推進していたそうだな」

後藤の目をみつめながら、俺は質問した。俺の両親が鷹取市に住んでいると知って、最初から覚悟していたのだろう、後藤はすらすらと答えた。

「そうですよ」

「あんたたち、その計画に賛成だったのか」

「……少なくとも反対ではなかったですね」

「金儲けの計画か?」

俺が突っ込むと、気のせいか後藤の目の奥がぎらっと光ったみたいだ。

「そういうことをいうのは、マスコミ屋しかいません」

「おい、おい。あんただって、ついこの間までマスコミ屋だったんだぜ」

「その通りです」

と、後藤は深刻な表情でうなずいた。

「俺はいま、自分で自分に石を投げているんだ、きっと」

「賢治の名をコマーシャリズムに利用する。羅須地人クラブとしては慙愧《ざんき》に堪えないってことか」

「東京に住んでる人は、なんとでもいえる」

江馬が嘴《くちばし》をいれてきた。

「地方にいると、東京の人に見えないものが見えてくるんだ。役に立つものなら、なんだってとりこむ。きれいごとをいっていれば、盛岡でさえ新幹線のストロー効果で、みんな東京に吸い上げられてしまう」

たしかに宮沢賢治の名は、岩手県を代表する一大観光スポットであった。

「盛岡でやっていることを、鷹取市でやるなとはいえないでしょうが」

「それにしても、レジャーランドというのは」

俺の不満に、江馬は過剰に反応した。

「賢治がいまの日本の、ローカルに住んでいたら、やりかねないですよ。彼の時代では、地方を富ますため農業の研究が必須だった……いまなら観光産業のほうが、はるかに能率的ですからね」

しゃがれた声でいいきった彼に、俺は反論する気をなくした。利用できるものはなんでも利用する。彼ら——少なくとも倉村にとって、賢治の名は、敬愛より、利用する対象であったらしい。

はじめからそんなつもりで、彼が羅須地人クラブにいたとは思えない。学生のころのクラムボンはそれなりに純粋な賢治ファンであったろう。社会人となり、しかるべき役職についた彼は、その時点で変質したのだ。

江馬も後藤も、小山田もおなじだろうか。

そういえば後藤が、自分の店に銀河ステーションの名をつけたのも、利用できるものならなんでも、という精神であったのか。江馬のどぎついリアクションは、ローカル版の文化人のひけめを、裏返ししたものかもしれない。

憮然《ぶぜん》とした俺の耳に、男のするどい声が飛び込んできた。すぐ隣の役所関係の受付からだった。

「帰りなさい」

「いいじゃない、せっかくきたのに」

女の子の無邪気な声が応じた。声の主は、小柄だがスタイルのいい娘だ。その肘をつかむようにして、喪服姿の中年男がこちらへやってきた。連れられた娘は不満そうに頬をふくらませている。

「あによオ……私がここで、賢治ランド反対をぶつと思ったの？　いっくら私だってエ、そんなに非常識じゃないわよオ」

「常識非常識の問題じゃない」

男はひくい声で叱りつけた。

「お前が部長の葬儀に顔を出す、それだけですでに問題になるんだ」

「親父ってそんなに弱虫なのか」

娘は笑うような調子だった。男の額に青筋がうごめいた。

「美也」

「その勢いだわ」

「なんだと」

「そういうふうに、役所の中でも怒りなさいよ。酔えば賢治ランドの計画に腹を立てるくせに、出勤すると部長に尻尾ふってたんでしょう……痛いじゃないか」

美也が顔をしかめた。父親につかまれた肘をふりはらうはずみに、俺と目が合って、彼女はやや狼狽した。

「いいわよ、帰るから……ほっといて」

紅潮した横顔が見えた。くっきりした目鼻立ちだ。化粧っ気に乏しいが清潔感にあふれている。それでいて蓮っ葉な若者言葉を駆使したのは、似合わない気がした。行政サイドの計画に反対だの、タウンマガジンの編集者だのといった親父の説明を聞いて、一昔前の婦人運動論者のイメージを描いていた俺は、少しばかり肩すかしを食らわされた。

「……いまの女の子が、テーク・ザ・ホークの編集長ですね」

江馬が頰の肉を震わせた。俺の知識にびっくりしたのか、それとも笑ったのかどちらなのかわからない。

「よく知ってますな」

「なかなかきれいな子じゃないですか」

ちょうどそのとき、葬儀場前に用意されていたスピーカーが、ものものしい読経の声を送りはじめたので、後藤も江馬も居ずまいをただして正面を向いた。だから、俺ひとりが気がついた――美也を追って、ひとりの弔問客が人込みを離れていったことを。

声には出さずとも、俺は目を見張ったに違いない。

(三木七重だ?)

黒一色に身を固めているから、ふだんのタレントぽさは見られない。だが、抜けるような色の白さはたしかに……。

そう思うと、俺はもう、その場から身をひるがえしていた。一瞬、後藤が（どこへ）というようにふりかえったが、俺は無視した。

なぜ、七重はここにきたのだろう?

3

俺は自転車でしかも下り坂だから、七重をすぐ追い越しそうになった。

だが俺が声をかけるより先に、前をゆく美也に追いすがった七重が、その肩をポンと叩《たた》いた。

美也はふりかえり、笑顔になった。紅をひいた程度のメイクだが、花が開いたような鮮やかな笑顔だった。

驚いた俺は思わずその場に自転車を止めた。

(七重と美也は旧知なんだ……)

娘ふたりは道の真ん中で立ち話になった。いつまでも止まっているわけにゆかないので、俺は仕方なく前進した。

美也が俺に気づくと、その視線を追って七重も俺を見た。

「あら」

にこりとした彼女が会釈したので、俺は自転車を止めた。タレントらしい人をそらさない笑みであったが、さっきの美也には敵《かな》わない。どこか演技のぎこちなさを感じてしまった。

「可能さんもいらしてたんですか」

七重はふしぎそうに、自転車を見た。

「そういうきみは、どんな関係？」

自分の説明は棚に上げて、まず聞いた。

「倉村さんをよく知ってたのかい」

「いいえ。盛岡で会ったきりですわ」

「じゃあ……」

なぜそんな縁遠い男の葬儀に──尋ねようとすると、七重がいった。

「天本さんに会いにきたんです。はじめての町だから、どう行けばいいかわからなくて……それで倉村さんの葬儀で会うことにしたの。ねえエ」

タレント調を越えた甘ったれるような声に、美也が応じた。

「そうよ。こんなきっかけでもなかったら、七重きてくれないんだもん」

答えたものの、彼女にとって俺はまったくの初対面だ。迷い気味の表情に気づいて、七重が紹介してくれた。

「可能克郎さん。東京の新聞記者さんよ」

「あら！　じゃあ賢治ランドの取材かなにかで」

「いや、そういう計画があるってことは、こちらへきて知りました。俺の両親が鷹取住まいなんで」

みじかい会話の間に、七重と美也がユノキプロ主宰のタレントスクールの同期生であることがわかった。

七重は希望通りタレントになったが、美也は鷹取へ呼び戻されたそうだ。

「親父には、コンピューターの学校へ通ってるって、ごまかしてたんです」

にこにこしながら美也がいった。

「それがバレちゃったの」

「惜しかったなあ」

本気で七重がいう。

「プロダクションの人たち、みんな残念がってたよ」

「人生山あり谷あり」

達観したようなことをいって、美也がまた花のような笑顔を見せた。この笑顔だけでもタレントの値打ちがある。俺は内心そう思った。

「東京にいたころ、ユノキプロニュースの編集を手伝ったんです。それで鷹取市のタウンマガジンを、見よう見まねで出すようになって」

俺たちの横をタクシーが葬儀場にむかって駆け上がっていった。簡易舗装のところどころに穴があって、猛烈な砂埃《すなぼこり》が舞い上がったものだから、俺はあわや自転車を倒すところだった。

「ひどーい」

七重が顔をくしゃくしゃにした。

「いま乗っていた人、見たことがある」

美也がいいだした。

「そう？　私は顔を見なかったけど」

俺は見た。リアシートに乗っていた厳《いか》めしい顔は、小山田徳三に違いなかった。江馬がいった通り、貫禄をつけることが好きな彼は、旧友の葬儀にひと足遅れて参集する途中なのだろう。

だがいまは気難しい先生より、若い女性たちに尋ねたいことがある。俺は提案した。

「両親の家が近くなんだ。寄ってゆかないか」

「ご両親の家って……あっ、可能さんちですね」

美也が手を打った。

「だったら知ってまーす。おばさんがこさえた白和《しらあ》え、すっごくおいしいんだ！」

「え……おふくろの？」

「はい。近所の奥さんを集めて、お惣菜の作り方教えてくださるんですよ。そのときお手本に作った白和え、私がもらってきたの」

スーパー稼業のころ、おふくろ手製の惣菜を売ったことがある。そのときも好評だった。安くておいしくて腹もちがするというのが、わが可能家の食事であった。それにしてもおふくろは、田舎に引っ込んでもまだそんなことをやっているのか。

「じゃあ天本さんは、俺の家を知ってるんだ」

「はい。歩いてすぐですね。七重、お邪魔する？　どうせどっかでタクシー呼ばなくちゃ、私んちまで帰れないもん」

そういうわけで、俺は自転車をひきずりながら、美女ふたりを両親の家へ案内した。親父もおふくろも、俺の女運が強いことに感心しただろう。

「天本さんでしたね。どうぞどうぞ」

人あしらいの大好きなおふくろは、いそいそと俺たちを、奥の座敷へ案内した。シャイな親父は一度だけ座敷に顔を出したが、トイレに立った俺をつかまえてそっと耳打ちした。

「もうひとりの娘さんな……どこかで見たような気がするんだが」

「そりゃあそうだろうよ。テレビに出ているから」

「おお！」

親父に似合わないカン高い声をあげたので、びっくりした。

「やはりそうか。タレントさんか！」

「まあ、タレントですって、あの子が」

お茶を出そうとしたおふくろまで、会話にくわわった。

「道理で垢抜《あかぬ》けてるねえ」

「母さん、そのお茶、わしが運ぼうか」

「よしてくださいよ、みっともない」

「しかしな、わが家にタレントがくるなんて、はじめてのことだからなあ」

真面目な親父が口走るのだから、テレビの威力はおそろしい。そんなことをいうなら、キリコだってタレントの端くれなのに、実の娘ではさっぱり魅力がないようだ。

親父の相手をするのが阿呆《あほ》らしくなって、俺は座敷にもどった。七重にぜひ聞きたいことがある。

「倉村さんが死んでいた町、知ってるだろう」

「山梨市ですね。ええ、知ってます。伯父の民宿に近いから」

「民宿なんてやってるの、七重の伯父さんが」

美也も初耳だったようだ。

「勝沼荘ていうの。ワインとフランス料理が売り物なのよ」

「いいな。今度連れてって」

女たちに会話の舵《かじ》をあずけると、おいそれと本題にはいれない。正座した俺は、七重に顔を突き出した。

「倉村さんのあだ名を知ってるか」

「いいえ」

「クラムボンというんだ」

「クラムボン……なんですか、それ」

あ、やはりこのタレントは自分でもいっていたように、宮沢賢治のことを知らないのだ。そう思ったとき、おくればせながら彼女は目をかがやかした。

「そうだ、『やまなし』に出てくる名前だわ！　クラムボン、クラムボン。蟹たちが吐き出す泡のことでしょ」

「え？」

俺はひやりとした。

クラムボンがなに者なのか、肝心の解釈をするのを忘れていた。

「泡か。そういえばそうだな。あの話に出てくる蟹たちは幼いから、泡も生き物と思ってるんだ」

「きっとそうですよ。……じゃあ可能さん、いままでクラムボンてなんだと思っていたんですか」

正面きって聞かれて、うろたえた。そんなこと考えもしなかった、なぞと答えるのはいくらなんでもみっともないので、適当にごまかすことにした。

「倉村さんのことだと思っていたさ。名字が倉村で、盛岡では名門の生まれ、つまりぼんぼんだったから、ついたあだ名がクラムボンというんだ。ところがそのクラムボンが、賢治の童話さながらに、死んでしまった。童話のタイトルは『やまなし』、そして彼が死んでいたのも山梨市駅のすぐそばだった」

「あら！」

不意を食らって、七重が口に手をあてた。

「そうですね。クラムボンは死んでしまったよ。クラムボンは殺されたよ……」

「可能さんは、倉村部長が殺されたと思ってるんですか？」

それまで黙っていた美也が、仰天したように叫んだ。

「でも警察では事故死だって……」

「そうだろう。殺されたという証拠はのこってないからね。だが疑えば疑える状況だ。倉村さんは酔っていた。現場にあらわれた彼を見た者は、だれもいない。ひとりできたのか、ふたりできたのか。もしだれかに連れられてきたのなら、そのもうひとりはわけなく倉村さんを殺すことができた……」

女ふたりはそそけだったような顔で、俺をにらみつけている。俺はあわて気味に首をふった。

「断定してるわけじゃないぜ。そういうケースも考えられるといってるんだ」

「考えすぎだわ、可能さんの」

七重がいった。

「単なる偶然じゃありませんか。警察だって事故と判断したんでしょう?」

「俺もはじめそう思ったさ……」

答えようとして、俺はいったん口を切った。待てよ、いま七重がいった言葉を、どこかで聞いたような気がする。頭をふったが思い出せない。

俺は気を取り直して、言葉をつづけた。

「……だが、すると、きみが朗読したプラネトーはなんだったんだろう?」

「……」

びくりと七重が肩を震わせた。

その様子を、驚いたように美也がみつめている。

「あの後、きみもバーにきたっけな。みんなの反応を覚えているか? きみが俺のことを話したときのリアクションさ」

「ああ……」

彼女もはっきり思い出したらしい。

「あのときは、私のせいでみなさんが黙りこくったような気がしたけど……でも、たしかになにかある、そんなムードでしたわね」

「七重」

美也が呼びかけた。

「プラネトーって、いつか電話であなたが話したこと？　宮沢賢治の贋作がまぎれこんでいたという」

「ええ、そうよ」

「あのときあなた、いったじゃない。プラネトーという言葉に、記憶があったって。だからうっかり、賢治童話だと思って朗読したって」

「え、そりゃどういうことなんだ」

俺はびっくりした。まるで俺の心理状態をコピーしたみたいな話だ。賢治の作品であるはずがない『プラネトーとマグネトー』を、七重が覚えていたというのは——。

もじもじしながら七重はいった。

「おかしいでしょう？　なぜそんな言葉を聞いたような気がしたのか。でも私、後藤さんや可能さんにいえなかったんです。いえば言い訳になるから」

「ふうん」

俺は腕組みをした。

「そういえば、きみは前々から後藤を知っていたの？」

「はい。亡くなった私の兄が、後藤さんとおなじ大学だったんです。そのご縁で私が盛岡へロケに行ったとき、後藤さんと奥さんが陣中見舞いにきてくだすって」

「なるほど」

「兄も宮沢賢治フリークだったらしいですよ」

「きみはあまり読んでいないんだろ」

「はい」

ちょっと恥ずかしそうだった。

「兄が死んだときは、まだ私小学生だったから……でも、大きくなってから賢治の詩は、ずいぶん読んでいます。いくつかはいまでもそらでいえるぐらい」

ちょっと小首をかしげた七重は、かるく目をつむった。その唇から歌うように詩がただよい出た。

「きょうのうちに　とおくへいってしまうわたくしのいもうとよ　みぞれがふっておもてはへんにあかるいのだ　あめゆじゅとてちてけんじゃ　うすあかくいっそう陰惨《いんざん》な雲から　みぞれはびちょびちょふってくる　あめゆじゅとてちてけんじゃ」

「『春と修羅』にあった『永訣の朝』ね」

俺がもたもたしている間に、美也がすらりと題名をいった。

「タレントスクールのテキストにもあったわ」

「妹のトシが亡くなったとき、賢治がつくった詩よ。これを読むたびに思ったわ。うちとあべこべだって」

七重の笑顔がかげった。

「賢治は妹を亡くしたけど、うちは兄が先に死んだの。……父は早くに病死したから、私にとっては兄が父親代わりだった。ＰＴＡの集まりにも兄がきてくれていたんですよ。母は小料理屋をまかされて忙しかったもの。だけどその母も、兄が死んだら気落ちして、心臓発作で死んじゃった」

「お兄さん、どうして亡くなったの？」

美也の質問に、七重は答えた。

「溺れて死んだわ。……車を運転していて、スリップして川へ落ちたのね」

「そのあと、伯父さんに引き取られたのか」

民宿勝沼荘の名を思い浮かべながら、俺はいった。

「はい。高校を卒業するまでずっと勝沼でいっしょでした」

「倉村氏が死んだ夜、後藤夫人がきたんだっけな」

「ええ、いらっしゃいました。伯父特製のワインを三ダースも買ってくだすったの。以前に試飲したものがとてもおいしかったって」

「それがなん時ごろだった？」

「八時を五分くらい回っていたかしら。奥さん、ついワインを一杯飲んでしまったの。酔っぱらい運転で捕まったらいけないといって、その後二時間ぐらいおしゃべりしてらしたわ。……いやだ、可能さん」

七重は俺をにらみつけた。

「奥さんのアリバイを疑ってもダメですよ。その間ずっと私といっしょだったんだもの」

「なあに、七重。あなたの民宿と、倉村部長が死んでいた場所と、そんなに近いの」

俺に代わって、美也が念を入れてくれた。

「近いといっても、車で二十分はかかるわね」

「そうか。それじゃあ七重のアリバイも、証明されたってことか」

「冗談きついよ、美也」

七重がケタケタ笑った。

「私まで容疑者なのオ？」

「まあまあ」

俺が間にはいった。

「そういう天本さんは、どうなんだ」

「え、私！」

美也がのけぞってみせた。

「光栄ある容疑者に、私もいれてくださるんですかア」

「動機は十分だからね。なにしろあなたは、賢治ランド建設にまっこうから反対している。しかも」

「それにからんで父親の進退が問題になっている……でしょう？」

はじけるように笑った。箸がころんでも笑ったのは昔の話で、いまでは人が殺されても娘は笑うらしい。

「残念でしたア。私はその晩、自分ちで徹夜してました」

「テーク・ザ・ホークの編集で？」

「はい」

「きみの部屋は、ご両親に見られることなく、出入りできるんじゃないのか」

「あら、よく知ってる。離れスタイルだから、男の子だってくわえこめるんですよ。まだやったことないけど」

「自分の部屋にこもっていたのは、なん時からなん時の間だい」

「えーと。あの日は、遅いお昼をとってからずっとだわ」

「それじゃあ、美也にアリバイなし」

と、七重がきめつけた。

「そっと家を出て、東京経由で中央線に乗るの。夜になったらクラムボンと山梨市でデートして、女の魅力でべろんべろんにして、溺死させればいいわ」

「七重ねえエ」

呆れ顔で美也がいった。

「ずいぶん無茶いってると思わない？　そっと家を出るってさア、まだ日が暮れていないのに私みたいな美人が電車に乗ったら、すぐアシがつくじゃん」

人望のない役人の死は、彼女らにとってテレビのミステリードラマでしかないのだろうか。美也が美也なら、七重もかるい乗りだった。

「そういえばそうか。鷹取市から行くぐらいなら、八王子に泊まった江馬さんのほうが、可能性あるな。受付にいたの、見たでしょう……キリンみたいに背の高い人」

「八王子泊まりだったの？　部長が死んだ晩」

「うん」

「だったら決まりじゃんか。電車で一時間とかからないんでしょう」

美也がきめつけた。

ゲームをやってるつもりなのか、この連中は。俺までつりこまれて現実感を喪失するところだった。

「あのね、天本さん」

俺がいいかけると、彼女は白い歯をみせた。

「美也でいいですよオ。その代わり、いつか原稿をうちの雑誌に書いてくださいね。絶対！」

正義派で社会派のタウンマガジン編集長という先入観を、ぶちこわすに足るウィンクまでした。苦笑しながら、俺はつづけた。

「問題の江馬画伯は、当夜八時三十分にグランドホテル八王子のロビーで、担当の編集者と会ってるんでね。彼の犯行は物理的に不可能なんだ」

「編集者の時計がくるっていたかもしれないでしょう」

あっさり美也がいってのけると、七重まで加勢した。

「江馬さんが逮捕されたら、その雑誌アナがあくんじゃない？　だから彼をかばったとか……」

それこそ無茶苦茶をいう。

「クイズじゃないんだよ。それに江馬さんだの後藤夫人だのに、なんの動機があるんだ」

「そういえばそうですね。殺人の動機があるのは、私だけか」

と、美也。

「そんなん、わからないわ。倉村さんて女が好きそうだもの。実はひそかに七重はベッドに押し倒されていて、それを恨みに思った彼女こそ、犯人であった」

と、当の七重がいう。

女たちのかしましさに、俺は閉口した。

「そろそろタクシーを呼ぼうか」

「あ、可能さん私たちを帰らせたがってる」

七重が笑った。

「図星だ。文句あるか？」

「ない、ない」

ふたりはそろって手をふった。

4

俺がタクシー会社へ電話をしている間に、感心にふたりは座敷をすっかり片づけた。菓子器や茶道具をのこらず台所のおふくろのもとへ運んでいた。育ちがいいのかわるいのか、さっぱりわからない連中だ。

俺もタクシーに便乗して、駅へ出ることにした。今日中に帰ってやらないと、智佐子のつむじが曲がるだろう。親父に別れを告げると、あっさりしたものだ。

「そうか、帰るか」

さすがにおふくろは少し寂しそうだった。

「智佐子さんによろしくね」

「いいお母さんですね」

タクシーの中で、七重がそんなことをいった。まんざらお世辞でもないようだ。そういえば彼女の母親は若くして死んでいる。

「私が中学になってすぐでしたわ。学校から帰ると、磨いていたカウンターに突っ伏してたの。びっくり仰天して一一〇番したんだけど、もう遅かった」

「かわいそうに」

そういってから、おやと首をかしげた。

「きみの兄さんは盛岡の大学だったね。きみの家も、盛岡にあったの」

「はい。でも兄が亡くなったあと、すぐ東京へ出ました。小料理屋で働いていた母が、北新宿に小さなお店を持って独立したんです」

「へえ、新宿にね……大したもんじゃないか」

「職安通りの北側だから、安く出せたんでしょう。でも三年とたたずに死なれたんだから、途方に暮れてしまったわ」

その後で勝沼の民宿にひきとられた――という順序らしい。思えばこの娘の生活環境もみじかい間に幾変転かしたことになる。

「お待たせ」

美也がいい、タクシーが速度を落とした。

周囲を田畑にかこまれた一角に土地が造成され、積木細工みたいな家がごちゃごちゃと固まっている。田舎の真《ま》っ只中《ただなか》に都会の見本がパラシュート降下したような按配だ。公務員住宅の団地らしい。

「家賃の安いだけが取り柄よ。団地の中へはいると車が出にくいから、ここで」

美也にうながされて、七重も下りた。俺は窓ガラスを下ろして、手をふった。

「いつか勝沼荘に泊まりにゆく」

愛想をいうと、七重はうれしそうだった。

「お願いします。ここんとこ不景気で、伯母たちぼやいているんです。早速電話しておきますわ」

タクシーが動きだしたあと、しばらくの間車内に甘い香りがただよっていた。香水のブランドなんて俺にわかるはずはないが、残り香を楽しませてもらった。

在来線の最寄り駅までしばらくかかる。途中鷹取市最大の繁華街である本町に寄って、智佐子に頼まれたみやげを買った。西に大きく傾いた日が、上越の山の端にしずもうとしている。道ゆく人の影が長い。あたりは急速に夕暮れてきた。俺は目を閉じて、今日の収穫を反芻した。収穫といっても大したことはない。倉村が本当に殺されたのかどうか、なんの確証もつかめなかった。だが、そんなことはもとから覚悟の上だった。

それより俺は、先ほど七重が口走った言葉に似た話を、だれに聞いたかやっと思い出した。

例の、牧薩次という男だ。

「ミステリー小説の真犯人は、知恵をしぼって警察の裏をかこうとしますけどね。もしこの世に名探偵ならぬ名犯人がいるとすれば、そいつが犯した事件は、そもそも表沙汰になりゃしませんよ……密室殺人だの首なし死体だの、そんな細工をするから警察が動きだすんです。頭のいい犯人がそんな間抜けな工夫をするもんですか。あくまで偶発的な事故に見せかけます。それもできるだけ平和な地方でね。東京や大阪みたいな大都市だと、警察も凶悪な知能犯罪に慣れてます。監察医制度が備わっていて、医者もおいそれとごまかされやしない。だから、殺人事件なんてめったに起きない場所を舞台に、なにげなく殺して事故に見せかけるのがベターなんです。そんな地味な事件では読者の関心を集められないから、小説の中ではせいぜい賑《にぎ》やかに演出しますけど。汚職でも殺人でも、悪い奴ほどよく眠るっての、真理なんですよ」

長年記者をやっている俺には、傾聴すべき意見だった。大勢の読者が対象だから、マスコミなんだ。三段抜き四段抜きでデカデカと見出しを躍らせる、そんな事件を読みたい奴はゴマンといる。新聞を売るためには、記者だって派手に書きたい。大見出しのスペースをあけるため、オミットされる記事なんてだれが書きたいもんか。警察だってそうだ。捜査にあたる人間としては、大きな反応が見込める事件に、より熱を入れるのは当たり前だ。どうころんでも出世につながらない、ゴミみたいな事件に時間と手間をかけるのは、できることなら勘弁してほしいだろう。

心底頭のいい犯人なら、その間隙《かんげき》を突くにきまっている。

クラムボンの死は、見出しのつけようがないほど、しょぼくれた平凡な事件であった。だが俺は警察の知らない、贋作童話の朗読と羅須地人クラブの反応を、この目で見、この耳で聞いていた。だからこそ平凡な裏に、真相が伏在する——ような気がしてならないのだ。

頭ごなしに断定できないところが、わが可能克郎氏の限界だが、たびたび開き直っているように、俺は決して探偵を演じられる主演俳優じゃない。ワトスン役に徹するわき役なのだ。三十の坂を半ばまで越えると、かくもつつましく己を知る人間になるのかと、われながら感心する。

休日のせいで夕刻になっても電車は空《す》いていた。殺風景なロングシートに腰を落として、俺は考えにふけった。

倉村の死が殺人事件だとして、動機になにが考えられるのか。印象的だったのはライブラリー・バーで七重が口走った言葉「殺人事件」に対する一座の強烈なリアクションだ。

「まるで……」

俺はつぶやいた。

「まるで、みんな殺人事件の共犯者みたいな目つきだった」

そこまで口に出してから、俺ははっと顔をあげて車中を見回した。いま俺はなんといった。

羅須地人クラブのメンバーが、なにかの殺人事件にかかわっていた?

馬鹿げている。いったいいつの、どこで起きた事件に関係するというんだ。

一旦否定しようとした俺の耳に、牧くんの言葉がよみがえった。

「そいつが犯した事件は、そもそも表沙汰になりゃしませんよ」

うーん。

表に出なかった事件というのでは、調べようがない。だがクラムボンの死が、共犯者一味の間の亀裂から生じたものとすれば、その綻びを突く方法はありそうだ。

俺はあらためて、じっくり考え込むことにした。

腕を組み、目をつむり、体を電車の揺れに同調させた。考えるより先にじっくり眠り込んでしまったことを反省する。

それでも朧気《おぼろげ》ながら、これから先の方針を決定することができた。

ここまで状況を整理できたのだ。後はワトスンの出番ではない。ホームズなりポワロなりの出馬を仰ぐのが常識というものだろう。

上野駅で下りてすぐ、俺は妹に電話するつもりでいた。

だがその前に愛妻家としては、わが家に帰館時刻を通知しておく必要がある。

「もしもし。いま上野に着いた」

頼まれていたみやげを買ったよ。

そういおうとしたら、智佐子に先を越された。

「あら……さっきまで、キリコさんが待ってたのよ」

「あいつが？　なんの用だ」

「CMの撮影で、明日からニュージーランドへ行くんだって」

「えっ」

当てが外れたので、大声になった。

「いつまで行ってるんだ」

「二週間はかかるそうよ」

これには参った。仕方がない、妹を飛ばしてじかに牧くんに相談してみるか。

「途中下北沢に寄るから、少し遅れるよ」

「下北沢って、牧さんのところ？」

「ああ」

牧はミステリー作家だが、名探偵でもあって、キリコとは中学以来の名コンビなのだ。俺を無視する癖のあるキリコより、かえって相談しやすい相手といえる。すると智佐子がいった。

「克郎さん、ボケてきたんじゃない」

「だれがボケたって？」

「だって牧さん、韓国に行ったと、ゆうべ私に話してくれたじゃない」

「ありゃ」

公衆電話にもかかわらず、俺は派手なゼスチュアで頭をかかえた。たしかにそうだ。牧薩次なら、韓国の若手推理作家とディスカッションするとかで、ソウルへ飛んだばかりだった。ワトスン役の俺は、当分あぶれである。

もはや真っ直《ます》ぐ帰宅するほかない。智佐子にそう告げた俺は、しおしおと上野駅構内を歩き出した。

いたるところに賢治の写真や関連のポスターが貼ってあるのが、目にとまった。

どれも賢治生誕百周年記念イベントのＰＲだ。観光岩手が腕によりをかけて、首都圏のターゲットを狙い撃ちしている最中なのだ。

一隅で賢治の著書を即売しているコーナーがあった。七重の鮮やかな詩の暗唱を思い出した俺は、もう一度賢治を読みなおすつもりで、詩集を買った。『春と修羅』だ。

家に帰る途中で、拾い読みした。

賢治が妹トシに寄せた愛情の深さは有名である。彼が妹の死を悼んで作った詩は、七重が口ずさんだ一編だけではあるまい。俺はすぐ『無声慟哭』という詩をみつけた。

こんなにみんなにみまもられながら
おまへはまだここでくるしまなければならないか
ああ巨きな信のちからからことさらにはなれ
また純粋やちひさな徳性のかずをうしなひ
わたくしが青ぐらい修羅をあるいてゐるとき
おまへはじぶんにさだめられたみちを
ひとりさびしく往かうとするか

電車はごとごとときりもなく揺れつづける。読むのに疲れた俺が顔をあげると、前の席のガラスに俺が映っていた。日曜の夜の地下鉄は、ふだんとまったく違う様相を見せている。詩集から目をそらした俺が、ぼんやり俺をながめていた。

兄と妹か。

七重はうちとあべこべだといってたっけ。

妹と兄か。

（あ？）

大切なことを確かめるのを、忘れていたような気がする。そうだ、七重の兄は倉村たちとおなじ大学にいた。宮沢賢治の本を集めていたという。それなら、おなじ羅須地人クラブにはいっていたのではあるまいか？

よだかの星

1

明くる日、会社へ出るなり俺は銀河ステーションに電話をかけた。七重の兄について確認しておきたかったからだ。

後藤はゆうべのうちに盛岡へもどるといっていた。新幹線のおかげで、日本もせまくなったものだ。俺の質問をうけて、後藤はあっさり認めた。

「そうですよ。七重さんの兄貴は三木司郎《しろう》といって、羅須地人クラブにはいっていました」

「死んだんだろ、まだ若いのに」

「よくご存じですね」

乾いた口調で、後藤は答えた。

「七重さんに聞いたんですか」

「なん年前のことだい」

「もう八年になりますか。惜しいことをしました」

「どういう状況で死んだ？」

「車がスリップしたそうです。盛岡の雪道は運転しにくいですから……」

「それで川へ落ちた……」

「ええ。浅い川だったけど、冬ですからひとたまりもなかったでしょう」

「夜遅くだったのかい」

「はあ。仲間同士でちょっと、その」

「飲んだのか。飲んだ勢いで運転しちまったのか、三木某は」

「そうなんです。止めるべきだったと、後でみんな後悔したんですが」

「みんなというのは、羅須地人クラブのメンバーだな？」

俺が遠慮なく追及すると、もたつきながら後藤は認めた。

「そういうこってす。せめて朱美だけでもいれば、マジで止めたでしょうけど、あいにくその夜は風邪をひいて顔を出さなかったもんで……さんざ彼女に怒られました」

「わかった」

そこから後は、こっちで調べようと思った。新聞に出た程度の内容なら、たとえ地方紙でも、容易にデータを得ることができる。

「朝早くすまなかった」

電話を切ろうとすると、

「待ってください」

後藤が止めた。

「朱美がお話があるというんです」

「おはようございます」

声にまでえくぼがあるみたいで、耳に心地よかった。

「可能さん、賢治のことを調べていらっしゃるんでしょう?」

「そうです。この春に出す雑誌の柱なんで」

クラムボンの死が気になって、とはいえなかった。俺の思惑にお構いなく、彼女は耳寄りな話をつづけた。

「でしたら、森のおうちへ行きません?」

「安曇野の美術館ですか」

「ええ。先日うかがったとき、あちらの館長さんにお願いして、ビデオ撮りさせていただくことにしたんです」

「ほう。ビデオに撮って、それで?」

「うちでひらく賢治の集いでご紹介したいから……賢治のご縁で、盛岡と安曇野が交流するなんてすてきでしょう」

「たしかにね。同行するのは、ご主人ですか」

「いいえ」

夫人は含み笑いした。

「主人は店が大事ですもの。私が、こないだの技術クルーふたりと参りますわ」

高沢と宮城のことに違いない。

「それはいつの予定です？」

「できるだけ空いているときがいいからと……私、つぎの水曜日が非番なので、その日に行くつもりですわ。私たちは当日先方で泊めていただくけど、可能さんは東京だから日帰りできますわね」

「水曜日ですか。ええと」

俺はあわただしく暗算した。賢治取材という大義名分があるから、一日ぐらいなんとか都合をつけられる。

「ごいっしょします」

当日の午後二時に現地で落ち合うことにして、俺は電話を切った。しめたぞ。

思わずほくそ笑みを洩《も》らすと、田丸局長に目敏《めざと》く発見された。

「カノやん、なにをにやにやしとる。さては美人からお座敷がかかったな」

「とんでもない。賢治の取材の誘いですよ」

「ははん。宮沢賢治の取材なら、美女同行にふさわしいよってなあ。いつもみたいにソープの取材ではそうはいかん」

俺が出張旅費の伝票をもってゆくと、局長のやつギロリと目を剝《む》いた。

「ほんまに取材か？」

「当然でしょ」

「奥さんにいうてもええんやな」

大きなお世話だ。田丸の旦那のことだから本気でやりかねないので、帰宅するとすぐ安曇野取材の話をした。連れてゆくことができればいいのだが、あいにく智佐子のつとめる旅行社は、春の旅行シーズンを前に猛烈に忙しくなっていた。円高が一段落して、海外旅行が値上がりの気配を見せはじめたので、金にうるさい客たちが最後のチャンスとばかり殺到しているのだ。

もちろん智佐子は、鷹揚《おうよう》に笑って許してくれた。

「どうぞ、どこの奥さんとでも構わないから、行ってらっしゃい。信用してるわ」

「すまん」

「克郎さんが私以外の美人にもてるはず、ないんだもの。……という意味の信用よ」

有り難き幸せだ。

水曜日になって俺を送りだすときの彼女は、真面目な顔でささやいた。

「田丸さんをぎゃっといわせるような記事、きっと書いてね。あなたの筆一本で、新しい雑誌がじゃんじゃん売れますように」

愛妻にそこまでいわれれば、俺も日向の猫から大型肉食獣に変身する。キリコや牧くん抜きで不安はあるが、長い睫《まつげ》毛のかげから俺をみつめる彼女に、そんな弱みは見せたくなかった。

「ベストを尽くすさ」

ゴリラのドラミングよろしく、俺は胸をたたいた。

多摩田園都市にある家から新宿へ出て、スーパーあずさ1号に乗る。三月のダイヤ改正で新車両が倍増するが、いまのところスーパーはまだ希少価値だ。妹のニックネームもスーパーであることを思い出して、苦笑した。

振り子電車だがコンピューター制御なので、必要以上に揺れることはない。シート間の間隔も広くなって、おなじ特急料金ならこっちがいい。しかも閑散期の平日なので、自由席で十分座れた。取材費用は指定席で出ており、三百円浮く勘定だ。さもしいようだが、これで缶ビールが一本飲める。

生活感まるだしでチビチビやりながら、俺はこの数日で調べたことをメモにとり、事件のあらましを復習した。

疑問のかずかずを、こんな具合に整理できるだろう。
①贋作童話『プラネトーとマグネトー』が台本に挿入されていた――その意味は？
②クラムボンこと倉村は、本当に殺されたのか？
③もし殺されたとするなら、動機はなにか？
①について考える。
高宮照明のふたりによれば、台本に細工されたのは、当日の午後四時半から四十五分の間、わずか十五分のことだ。後藤に確認したのだが、開場直後、客はすぐになん人かが席についた。たとえ作業そのものは、小山田がいったように三十秒とかからなくても、目撃者が名乗り出る恐れはたぶんにある。そんな冒険を冒してまで、〝犯人〟はなぜ台本に手をくわえたのか。

理由は、〝犯人〟にとって、それだけの値打ちがある冒険だったからだ。

現に俺は聞いている。あの場を再録してみようか。

「信じられない……」

かすれた声は倉村のものだ。

「なぜあの話が、あんなところに出てきたんだ？」

ふだんのカン高い声は置き忘れて、地面からわき出るみたいに押し殺した調子だった。

「それがわかれば、だれも深刻になりゃしないよ」

後藤が応ずるのを聞いて、俺は気にかかった。日頃のほほんとしている後藤にしては、珍しく真剣なのだ。


リフレーンしてみて気がついた。あのとき、朱美夫人はいなかった。スタッフふたりに状況を聞くため、広間へ下りていった。それを待ち構えるようにして、四人の問答がはじまったのだった。

〝犯人〟は彼らにショックを与えるため、あんな悪戯をやってのけたに違いない。
②について考える。
ただの悪戯でなく、もっと深い悪意を抱いて行われたのなら、それは倉村への殺意と直結していたのか。

倉村の死は、あからさまな殺人事件の形をとらず、一見事故と思われる姿で提示された。そこに殺意がひそむことを見抜けるのは、悪戯に衝撃をうけたのこる三人――江馬、小山田、後藤だけのはずなのに、彼らは倉村の死を殺人として告発する気がまったくないようだ。

事実、殺人とは夢にも思っていないのか。

記事欲しさに殺人事件と考えたがる俺は、〝夕刊サン〟独特のセンセーショナリズムに毒されているんだろうか？

③について考える。

羅須地人クラブのメンバーは、だれかの恨みを買っている。

その恨みは、童話『プラネトーとマグネトー』にかかわるものらしい。

贋作が朗読会に登場したのは、その後につづく事件の予告であったのだ。

俺の直観では、彼らは殺人事件の共犯者か、それに等しい罪を犯している。さもなかったら、七重の言葉にあれほどシビアな反応を示すはずがない。

いったい彼らは、共同してだれを殺したというんだ？

ひと呼吸して、その名前が浮かび出た。

三木司郎。

八年前、雪道で車のスリップ事故を起こし、川に滑り落ちて溺死した男。七重の兄。

羅須地人クラブのメンバーのひとり。

直前にみんなと酒を酌み交わしたという。当然警察の調べでは、飲酒運転による自損事故とされたろう。

だがそんなものは、のこる四人が口裏を合わせれば、簡単にでっち上げられる。さてこそ七重が口にした「殺人事件」に、全員が凍りついたのも当然といえた。八年前と倉村がいい、とたんに小山田が顔色を変え、江馬が「よせ」と制止した。三木司郎の溺死にみんなが責任があるとすれば、納得できるやりとりであった。

……と、ここまで考えて俺は行き詰まった。

想像をふくらませるのはいいが、それをどうやって立証すればいい。

後藤にせよ、江馬にせよ、社会的に立派に独り立ちしている。小山田にいたっては、中堅作家として名士のひとりだ。いい加減な告発をすれば、こっちの立場がなくなってしまう。

缶ビールの中身がなくなったのに気づかず、俺は何度となく三角の穴に口をつけて天井を仰いでいた。

2

俺が乗ったスーパーあずさ1号は、松本から大糸線に乗り入れて、南小谷《みなみおたり》まで行くが、あいにく森のおうちの最寄り駅は、穂高か有明なので、止まらない。松本の駅ビルでかるい昼飯をかっこんだ俺は、十二時五十六分発のドン行で穂高へむかった。

山小屋ふうのこぎれいな穂高駅で下車したあとは、タクシーを使うほかなかった。農道をわたり森にはいると、いたるところ雪が見え隠れする。カラマツの林に囲まれて、森のおうちはあった。玄関にかかった三角屋根が印象的な二階建ての山小屋だが、隣りあって連接式のコテージがある。今夜は朱美夫人や高宮組は、あそこに泊まるのだろう。玄関前の雪にまみれた駐車場に、高宮照明のロゴがはいったワゴンが、ひっそりと雪をかぶっていた。濃灰色の車体に文字ばかりが銀色で、夜でもよく目立ちそうなワゴンだった。なにげなく文字を指でなぞると、べたっとした感触があった。ろくに洗車もしていないとみえる。あのふたりは仕事に熱心でも、カーマニアではないようだ。

俺は玄関のドアを押した。

ほんわり暖かな空気が、俺を気分よく迎えてくれた。

左手の受付らしいカウンターに、

「盛岡からきている後藤さんたちは……」

尋ねようとすると、正面の階段上から愛嬌のある声がかかった。

「可能さん」

「やあ」

ジーンズの上下を身につけた朱美夫人が、軽快な足取りで下りてきた。盛岡で会ったときは和服だったから、あらかじめきていると知らなかったら、見過ごすところだ。

「早かったんですね」

「森の中と聞いて、宮城さんが急いだんですよ。日ざしが落ちたら撮りにくくなるって」

　階段をあがったとっつきで、ビデオカメラを担いだ宮城嬢と、ライトを持った高沢くんが、うろうろしていた。

「正面に図書室があって、右手が展示室なの。賢治童話のイラストを描いた小林画伯の原画がならんでいますわ。あ、こちら館長さんでいらっしゃるの」

　品のいい熟年の女性がにこやかに俺を迎えてくれたので、がさつな三流記者としては、大いに恐縮した。

　こうしている間にも、ぱらぱらとではあるが外来客があって、館長さんたちもけっこう忙しい。邪魔にならないよう、俺たちはポラーノと名付けられた喫茶室で、お茶をいただくことにした。

「倉村さんの葬儀に顔を出してくだすったそうですね」

　と、朱美夫人が切り出した。

「行きました。なかなか盛大でしたよ。三木七重さんまできているとは思わなかった」

「まあ、七重さんが?」

　初耳だったとみえ、朱美が目を見張った。鈴を張ったような目というのだろう、ふだんは日本人形のように古風な美貌だが、こんなときは表情が豊かに動いて、活動的な服装も違和感がない。

七重や美也、宮城たまえのように若さが躍動している娘たちもいいが、朱美のように凛《りん》としたところのある人妻もすてきだ。ただ――俺の趣味でいわせてもらうなら、化粧はもう少しうすいほうがいい。

よけいなことを考えたので、会話が一手遅れた。俺が返事しないものだから、朱美はひとりごとのように洩らした。

「後藤も、小山田さんたちも、そんなことといってなかったけど……」

「ああ、彼女はただ友達に会いにきただけだから」

説明したものの、内心首を傾《かし》げた。後藤や江馬は知らなくても、タクシーですれ違った小山田だけは、七重に気がついたと思っていたからだ。それともあのとき、小山田先生は弔辞を暗唱するのに夢中だったのかな。

「奥さん」

ふいに高沢が声をかけた。二階でビデオ撮りしていたふたりが、いつの間にかそばにきている。

「どうしたの？」

「これ……知ってましたか」

宮城が一冊の本を差し出した。うすっぺらだが一応平綴じされており、表紙に倉村恭治自選童話集と金箔《きんぱく》で書名が押されている。

「倉村さんの童話？　ああ」

　朱美がくすっと笑った。

「あの人が若いころに、自費出版した本じゃなくて？　私には恥ずかしがって見せてくれなかったけど。彼、金だけはあったから、記念のために出すって……そういえば」

　中腰になった後藤夫人が、カウンターで接客している館長に、遠慮がちに呼びかけた。

「倉村さんの家では、蔵書を寄付なすったんですって？」

「ええ、そうなんですよ」

　客を送りだした館長が、温顔をほころばせて近づいてきた。

「後藤さんのお口ぞえで、おかげで図書室が充実いたしました」

　聞いていた俺にも事情はわかった。急死した倉村の遺族が、後藤のすすめで賢治関係の蔵書を寄付したものとみえる。

　だが高沢たちが飛んできたのは、そんなことではないようだった。館長が去るのを見すましてから、宮城たまえが倉村の本をひらいた。

「ここ、見てください」

「あら！」

　朱美の口が半開きになった。俺も腰を浮かして、たまえが指さすページを見た。そこには『プラネトーとマグネトー』とあった。

「これ、倉村氏の創作童話だったのか！」

つい声を大きくしてしまったが――それにしては少々おかしい。あのとき、七重の朗読した童話が彼の作品であることを、倉村自身口にしようとしなかった。江馬も小山田も後藤も、それについて全くふれていない。彼らは『プラネトー……』が倉村の作と知らないのか？

「奥さんはご存じなかったんですか。あの贋作を書いたのが、倉村さんだったこと」

「知らなかったわ……彼がなん本か賢治の物真似をしたって話は、耳にしていますけど……それがあのとき読んだ童話だなんて、ぜんぜん」

「わかんねえなあ」

匙を投げたように、高沢がいった。

「なんだって倉村さんの書いた童話が、あの晩ひょっこり台本になってたんだ？」

「あらあ」

巻末に目を通していたたまえが、声高になった。

「この童話、ちゃんと受賞してるのよ」

「どこに」

ひったくるようにした高沢が、「本当だ」と唸った。

「〝わらし〟童話賞受賞作品か。〝わらし〟？　聞いたことあるか？」

高沢も宮城も聞き覚えがないようだった。俺もこと童話に関してはパスだ。朱美もご承知ないらしい。

さすがに館長さんはご存じだった。

「〝わらし〟なら、八年か九年前に廃刊になった童話雑誌ですわ。東北中心に民話やファンタジーを集めていましたねえ。資金難とかで、二年ほどしかつづかなかったようですけど……」

「それでも受賞作になったんだから、倉村って人案外レベル高かったんだな」

高沢がつぶやいた。

「役人じみてて、けっこううるさ型に見えたけどな」

「文学の才能とうるさいのとは、またべつよ」

たまえがいった。

「死んじゃえば、そんなことどうでもよくなるけど」

もう一度高沢がうんざりしたようにいった。

「どこの賞をとってもいいけどよ。この童話がなぜ朗読会に出てきたのか、さっぱりわからないじゃんか」

俺にはほぼわかってきた。

正直にいって快感であった。ワトスン役専門としては、周囲の人に先んじて事件の真相にせまった、なんて体験は皆無だったからだ。なるほどと俺は思った。もしかしたら牧くんやキリコは、この感覚がたまらなくて、商売にもならない探偵役をいそいそと買って出るのかしらん。

ポワロにせよホームズにせよ、一、二の例外をのぞいて厭味《いやみ》な奴ばかりが探偵役である。世の中でいちばん頭がいいのは俺、人間性を洞察できるのは私、そんな鼻持ちならない自負心を、顔一面にゴチック文字で書きつらねてやがる。

そこへゆくと俺なんざ、秀才からもっとも遠い身分なのだ。そんな凡庸可能克郎でも、みんなを出し抜くことができた！

ぶるるるる、鳥肌が立つような気色よさだ。

不謹慎にも笑いだしそうになった俺は、あわてて膝の裏をつねって我慢した。

3

予想外の収穫に有頂天だった。もうひと押し、と俺は思った。

館長さんへの取材、小林画伯の原画展示など、森のおうちは興味深かったが、俺にはまだ行かねばならない場所がある。夕食をポラーノでと誘われたが、残念ながらお断りした。行く必要があったのが、勝沼荘だったからだ。

とりあえず今夜の食事を予約したが、約束通り七重が話を通していてくれたので、三木夫婦は即座に歓迎してくれた。

途中の乗り継ぎがわるく、勝沼荘に着いたのは七時ごろになってしまった。泊まりの客はとうに食事を終えていたが、かえって好都合といえた。甲州ワインとフランスふうお惣菜料理に舌鼓を打った俺は、ご夫婦が手すきになったのを見計らって、本題にはいった。

いうまでもない。八年前に亡くなった七重の兄――三木司郎についてである。

「仏さまのような男の子じゃった」

かくしゃくとしているが、そろそろ七十に手の届こうという奥さんが、懐かしげに口をひらいた。皺にまみれた小さな顔だが、目は活《い》き活《い》きしている。毎日のように若い客を送り迎えしているだけあって、精神はまったく老いていない。そんな奥さんの三木達《たっ》子《こ》だった。

それにしても仏になぞらえられた青年とは、いったいどんな人物であったろう。

「仏さま……ですか」

俺がびっくりしたように問い返すと、奥さんは確信をもって反復した。

「そうじゃ。なあ、あんた」

「信仰心があついというか、あの子独特のフィロソフィーを持っておったの」

そういったのは、オーナーの三木伊一郎《いいちろう》である。七十歳を越えた老人の口から、そんな言葉が飛び出したので、俺はまた驚いた。〝夕刊サン〟の記事から検索したってわかる。ここ十年来一度も使われたためしがないはずだ。

「司郎という人はクリスチャンだったんですか」

「いいや、アーメンとは違うな」

「でも、いま信仰心と……ああ、仏教徒なんですね」

「まあそのほうが近いだろうが、といって出家をめざしとったわけではないよ。……父親の血をひいていたようだが」

ひと仕事終えて休息のときとみえ、老いたオーナーは、ワイングラスに淡い色彩の白ワインをついで、世にもうまそうに口に含んだ。

「司郎の父親は……つまりこの人の弟の、桂二郎《けいじろう》なんだけどさ。一家で樺太《からふと》から引き上げてきて、開拓に従事したんですよ」

達子がつけくわえた。

「樺太出身だったんですか」

「落ちついたところが岩手の東北にある手綱池の湿地帯だ。戦争が終わったばかりで、日本中が食うや食わずだったから、わしらも文句ひとついわず死に物狂いで働いた。……やっと生活の目処《めど》がついた時分に、高度成長とやらで安い土地めがけて、工場が進出してきた。わしはどちらかというと目先が見える……」

　自慢げな口調ではない。それどころか悔しげな口ぶりだった。まるで目先が見えたばかりに、弟を見殺しにした、とでもいうみたいに。

「ろくに桂二郎と相談もせず、大手の四谷化学に土地を売った。奥地にできる工場のため取り付け道路の用地としてな。当然桂二郎もおなじことをすると思っておった。だがあいつはそうしなかった。この土地は、トラックを通すためじゃなく、米を作るために耕した。そういいはってな。呆れた強情者じゃった。奥さんの恵利子《えりこ》さんは、なんとか桂二郎を翻意させようとしたが、あいつはとうとう売らなんだ。しまいには四谷もあきらめて、桂二郎の土地を迂回して道をつくった。工場が稼働して三年目に、あいつは結核で倒れた」

「……結核ですか」

「そうだよ。いまでこそガンだの心臓病が、日本人の死因の大部分になっておるが、あのころはまだ結核が死病じゃった。仕方なく恵利子さんは土地を売ろうとした。だが四谷はいらぬという。桂二郎の農地をよけて設計を変更したのだからな」

「恵利子さんというのが、七重さんのお母さんなんですね」

　達子がうなずいた。

「町かたから嫁にきただけあって、きれいな人じゃった。……いまの七重そっくりでなあ。桂二郎が病院に担ぎ込まれたとき、司郎はまだ小学生、七重は生まれて間がなかった」

「それではのこった土地で米を作るといっても、どうにもなりませんね」

「どうにもならんよ。樺太でもそりゃあ苦労した。だが集まった連中は苦労を覚悟で、米を作り芋を作った。だれも彼もが内地で食い詰めておったでな。東北の寒村の次男坊三男坊が肩を寄せ合って、助けあいながら農作業をこなしていた。だが戦後の内地は、そこへ大きな工場が割り込んできた。仲間はばらばらになり、わしのように目端のきく者はいち早く東京や仙台のような都会の近くに出た。とりのこされた桂二郎は、ひとりで鍬《くわ》をふりまわして……ひとりで死んだ」

「けっきょく亡くなったんですか」

「土地を担保に療養費をまかなっておったから、桂二郎が死ぬと、びっくりするほどの安値で土地を取られた。馬鹿な男だと、笑い者にされたらしいがの。司郎はそんな父親を決して否定しておらんかった」

「最後まで土地にしがみついて、なにかを作りだそうとした父親を尊敬する。……私たちの前で、あの子はそういいきりましたねえ」

「……」

俺は黙ってうなずいた。おなじ賢治ファンでも、司郎は羅須地人クラブのほかのメンバーと、スタンスが違っていたようだ。

ワインが回ってきたのか、伊一郎は次第に饒舌になった。

「恵利子さんから土地を巻き上げたのは、倉村という地主だった。四谷の工員相手に小料理屋を開いたのも、その男でな。恵利子さんはそこの雇われママとなって、働くことになった。わしの見るところ、あいつは恵利子さんに気があったとしか思えん」

「あんた」

達子がたしなめたが、オーナーの舌は止まらない。

「なに、かまわんじゃないか。最終的には恵利子はそいつを袖にして、新宿へ出てきたんだから。あのときは驚いたな。ようまあ、そんな金があったと思った」

「あの人のことだもの、私らの知らないところで、こつこつ溜めていたんでしょうよ。かわいそうに……その虎の子の店で死んでしまった」

達子はふっと視線をそらして、立ち上がった。

「私も飲んでいいでしょ。もうお客さんの御用もなさそうだし。あとはお風呂のお湯を落とすだけだから」

「どうぞ」

といってから、伊一郎が俺を見た。

「年寄りふたりの愚痴酒、ご迷惑かな」

「とんでもない」

俺は本気で手をふっていた。

倉村の名がここに出た……むろん、死んだ緑地部長ではない。その父親にあたる人物だろう。なんとしても、その先が聞きたかった。

くすんだワインラックが窓際のカウンターにのっている。達子はラックから赤ワインの一本をとって、器用にコルクを抜いた。プロの腕だ。俺がワインを抜こうとすると、三本に一本はコルクの屑《くず》を壜《びん》の中にこぼしてしまう。

「七重さんのお母さんが東京へ出たときには、もう司郎さんは亡くなっていたんでしたっけね」

すすめられるまま、俺も赤ワインを頂戴した。妹ほど俺は強くない。だんだんと無遠慮な質問をするようになったのは、酒のせいだろう。

「……さよう」

伊一郎は目を据わらせていた。

「司郎は死にました」

「どうしてあの子が、あんな死にざまを……ねえ」

達子がすすりあげると、伊一郎が唸った。

「だれしも隙はできるものだ。それだけあいつは、疲れていたんだろう。ふだんから司郎は、息子と父親のふた役をこなしておったからなあ」

「……司郎くんが亡くなった状況ですが」

神経が粗雑になった俺は、老人ふたりの愁嘆場へ土足であがりこんだ。

「酔っぱらい運転だったとか」

「信じられん。だが、友達みんなが証言したのだから、事実なんだなあ」

「なにかの間違いですよ！」

達子が白髪頭をふりたてる。

「あの子にかぎって」

「自分に近しい者が、意外な振る舞いをすると、みんなそんなことをいう」

男性だけに、伊一郎は覚めたいい方をした。

「……だが実際の人間は、いくつもの顔を持っておるのさ。お前だって客商売していればわかるだろう。優しそうな顔の男が、ふたりきりになると女を粗末にあつかったり
……」

「司郎はそんな男と違いますよ。赤ちゃんのときから見ているんだもの」

「生まれたばかりの赤ん坊でも、五十年たてば爺《じじい》になるのさ。わしだって、ひとりやふたりの証言なら嘘《うそ》と思うが、四人が口をそろえたのではなあ」

「……四人というのは、後藤さん、江馬さん、小山田さん、倉村さん。この人たちです

ね？」

　老夫婦はきょとんと俺を見た。

「あんた、ようご存じだの」

「倉村さんというのが、さっき話の出た地主の息子ですね？」

「そうじゃ」

「このあいだ万葉の森で溺死した役人です」

「なに？」

　老人がぎょっとして、口にあてていたグラスを引いた。ああ、やはりこの人たちは、溺死体が盛岡にいた倉村とは知らないんだ。

　夫婦が顔を見合わせた。

「新聞で読みましたよ……あれはいつのことだったかしらねえ」

「後藤さんの奥さんが、こちらへワインをまとめ買いにきた晩です。七重さんが、ここに泊まっていった夜です」

　と俺は意味ありげに強調した。

「おおそうか。ワインを三ダース買ってゆかれた。あの日のことか」

「八時過ぎから十時ごろまで、後藤夫人は歓談されていたと聞きましたが」

「そうじゃった。それがなにか？」

よくわからぬなりに、なにやら不安に襲われた様子で、オーナーと夫人は、慎重な言葉遣いになった。

窓の外にひろがっているはずのブドウ畑は真っ暗だが、どこからか呂律《ろれつ》の回らない歌が聞こえる。離れに泊まった客が歌っているのだろう。その遠い歌声が、かえって食堂の静謐《せいひつ》を際立たせた。

俺はつとめて何気なく切り出した。

「その間、七重さんはずっと同席されてましたか」

「……あんた」

伊一郎はふしぎそうだ。

「なにを聞きたいんだな？」

酒の勢いに助けられて、俺はひるまなかった。

「八時から十時の間、七重さんはずっとここにいたんですか」

「いや」

オーナーは曖昧にかぶりをふった。

しめた。この老人は、まだ質問の意味に気づいていない。

「それは……と。どうじゃったかな、婆さん」

婆さん呼ばわりされた達子は、大真面目に考えこんだ。

「あのときはねえ。今夜といっしょで、私たちもけっこうワインでいい気持ちになったから」

「だから七重が気をきかせて、あれこれ手伝ってくれたじゃないか」

「そう、そう。そうでしたね」

やっと思い出した、というように達子が同意した。

「買い物まで行ってくれたし」

「買い物……ですか？」

「はい。あの晩は予定外の外食客があって、食材のストックが心細くなりましてな。そわそわしていたら、七重が代わりに行ってくれると……」

「ショッピング先は決まってるんですか」

「ええ。お肉はどこ、野菜はどこと。あのときは、お肉だけだったかしらねえ」

「いや、調味料まで頼んだぞ、たしか」

思った通りだ。俺は顔のゆるみを自覚する一方で、やはりそうかと寂しい気分になっていた。

「それで、七重さんが中座していた時間は、どれくらいだったでしょう」

俺は調子に乗ったらしい。

いったん沈黙したオーナーが、グラスをとんとテーブルに置いた。

「あんた」

「はあ」

「新聞記者さんじゃったな」

「はい……〝夕刊サン〟ですが」

「あれは、ひどい」

切って捨てるような口のきき方だった。

「ひどい新聞だな」

「どうも、すみません」

謝ったのが、なおいけなかったらしい。

「でたらめを書けば、読者が喜ぶと思っておる。女といい、ギャンブルといい……無責任な新聞だ。そんなとこの記者さんが、七重についてなにをほじくるというんだね」

俺はあわてた。うっかりしていたが、三木七重は地味ながらいま売出し中のタレントだった。この老人は、七重に傷がつくのを恐れているのだ。〝夕刊サン〟の悪名を、俺はいまさらながら恨みに思った。

「そんな、ほじくるなんて……」

ぼそぼそいいながら、俺はあかん、と思った。

まあいいか。彼女のアリバイなら、ほかで調べる方法もある。この際引っ込むにかぎる。変わり身の早い俺は、たちまち話題を変えた。

「先ほども申しましたように、〝夕刊サン〟とまったく別にですね、新雑誌が創刊されるんです。宮沢賢治の記事を特集する予定だものですから、それで七重さんからご紹介をうけて」

「わかっとります」

ワインの酔いが覚めたらしく、伊一郎は頑固そうな顎を張って、俺をみつめた。

「七重の紹介で、なにをお聞きになりたい？　あの子自身のことなら、あの子にお聞きになればよろしい」

4

正論だった。それには違いないのだが、いくらなんでも本人に、「あなた、勝沼荘をなん分間抜け出した？」なんて質問はできないじゃないか。酔いの回った頭をふって、俺は笑顔をつくった。

「ですから、賢治ファンだった彼女のお兄さんについて——なにぶんにも七重さんは幼かったので、記憶がないでしょう」

「いやいや」

と、伊一郎は首をふった。

「あれは小さいながら、父親同然に司郎になついておった。司郎もまた、目に入れても痛くないというありさまでな。大学に通っておっても、アルバイトの中から妹の学費を積み立てる始末だった」

「本当に仏さまみたいな」

達子がくりかえした。

「仏さま……ですか」

俺もくりかえした。というのはそのとき、賢治がのこした詩——有名な『雨ニモマケズ』を思い出したからだ。

雨ニモマケズ
風ニモマケズ
雪ニモ夏ノ暑サニモマケヌ
丈夫ナカラダヲモチ
慾ハナク
決シテ瞋ラズ
イツモシヅカニワラッテキル……

それは俺の乏しいイメージの中で、もっとも端的に賢治という人物をあらわす詩であった。おそらく司郎は、そんな青年だったのだろう。

　後藤に指摘されたように、あれだけ一筋縄でゆかない作品をのこした賢治だもの、最初からそこまで透徹した心根でいられたはずはない。だが最晩年の賢治は、この詩に近い心境に立ち至ったと、俺は思う。

　賢治ですら死に直面するころ、ようやく手がとどいた境地へ、はたち前後の司郎がそこまで極めていたというのか。出来すぎのような気がした。

　飾り棚の引出しをごそごそやっていた伊一郎が、古びたアルバムを持ってきた。その一ページをひろげて、

「ごらん」

　という。

「司郎と七重の写真だ」

　俺は首をのばして、モノクロ手札判の写真を見た。はっとした。大学生らしい司郎の顔の右半面に大きな瘢痕《はんこん》があったからだ。

「七つのときに大火傷《おおやけど》してな。頭のいい子だけに、よけいかわいそうじゃった」

「それでも本人はなんの屈託も見せんでのう」

達子がしみじみという。はじめて会った者には、直視できないほどの傷痕だ。だが幼児の七重はうれしそうな顔で、十歳も上の兄の膝にじゃれついていた。見るからに笑顔が愛くるしい。

「……あなた、『よだかの星』という賢治さんの童話をご存じですか」

達子は賢治を〝さん〟付けで呼んだ。

「知っています」

「ぼくはよだかだ。司郎はそういっとりましたよ。……妹に絵本を買ってやって、読んで聞かせておったなあ」

『よだかの星』。

それなら俺も、ついこの間会社の資料室で再読したばかりだった。

よだかは、実にみにくい鳥です。

顔は、ところどころ、味噌をつけたようにまだらで、くちばしは、ひらたくて、耳までさけています。

そんなよだかは、ひばりに笑いものにされたばかりか、おなじ名前の鷹に「改名しろ」と強制される。

「お前とおれでは、人格がちがうんだよ」

名前を変えなければ、鷹はつかみ殺すという。

困りきったよだかは、空を飛びながらふいっと甲虫《かぶとむし》の一匹を飲み込むのだ。

その時何だかせなかがぞっとしたように思いました。

雲はもうまっくろく、東の方だけ山やけの火が赤くうつって、恐ろしいようです。よだかはむねがつかえたように思いながら、又そらへのぼりました。

また一疋の甲虫が、夜だかののどに、はいりました。そしてまるでよだかの咽喉をひっかいてばたばたしました。よだかはそれを無理にのみこんでしまいましたが、その時、急に胸がどきっとして、夜だかは大声をあげて泣き出しました。泣きながらぐるぐるぐるぐる空をめぐったのです。

（ああ、かぶとむしや、たくさんの羽虫が、毎晩僕に殺される。そしてそのただ一つの僕がこんどは鷹に殺される。それがこんなにつらいのだ。ああ、つらい、つらい。僕はもう虫をたべないで餓えて死のう。いやその前にもう鷹が僕を殺すだろう。いや、その前に、僕は遠くの遠くの空の向うに行ってしまおう。）

そしてよだかは、星のきらめく空をどこまでもどこまでも昇って行く。

寒さにいきはむねに白く凍りました。空気がうすくなった為に、はねをそれはそれはせわしなくうごかさなければなりませんでした。

それだのに、ほしの大きさは、さっきと少しも変りません。つくいきはふいごのようです。寒さや霜がまるで剣のようによだかを刺しました。よだかははねがすっかりしびれてしまいました。そしてなみだぐんだ目をあげてもう一ぺんそらを見ました。そうです。これがよだかの最後でした。

哀れな、みにくい鳥の終焉《しゅうえん》。だが賢治は心やさしいよだかのために、美しい構図の中に彼を迎え入れてやる。

それからしばらくたってよだかははっきりまなこをひらきました。そして自分のからだがいま燐《りん》の火のような青い美しい光になって、しずかに燃えているのを見ました。すぐとなりは、カシオピア座でした。天の川の青じろいひかりが、すぐうしろになっていました。

そしてよだかの星は燃えつづけました。いつまでもいつまでも燃えつづけました。

今でもまだ燃えています。

今でもまだ燃えている！

最後の一句を目にした俺は、資料室で不覚にも泣いた。

書くものといえばソープの見聞記だの、やくざの喧嘩話だの、せいぜい政治家や官僚のスキャンダルという、すれっからしの三流新聞の記者が泣いたのである。

その夜、家に帰る道すがら、本気になってよだかの星を探した。俺の家は郊外の多摩にある。W型に星がならんだカシオペア座はすぐみつかったが、よだかの星らしい光はついに発見できなかった。だが賢治ほどの作家が断言したのだ、俺に見ることができなくても、きっとよだかの星は今でも燃えているに違いない。

「司郎は、顔の火傷を気にして、自分をよだかにたとえたんかのう」

遠いところを老夫婦の会話が流れていた。

「馬鹿をいうな」

と、伊一郎がいった。

「司郎は賢い子じゃった。男は顔であるものか。頭の中身で勝負するんじゃ。……現にあれは、懸賞で入選したじゃないか」

「そうだったねえ。あのころの金で五万円もらえたもの、恵利子さん大喜びでわざわざうちまで電話をかけてきたっけねえ」

俺はわれに返った。

「なんの懸賞です?」

「童話ですよ。小さいころから、賢治さんみたいにせっせと童話を書いとってな。あちこちの雑誌で入選したものですわい」

自分のことのように、達子は無邪気に自慢した。

当然、そうだろうな。

俺はあらためて満足した。ワインも料理もおいしかったが、いまのお婆さんの言葉は、さらにすてきなデザートになった――動機はわかった。

月夜のでんしんばしら

1

すっかり長居してしまった。最終のあずさにやっと間に合ったので、家に着いたときはそろそろ一時になろうかという時刻だ。決して浮気したわけではないが、愛妻家としてはいささか恐縮したくなる。

「こんばんは」

鍵の音にも気を使って、俺はおそるおそるリビングに足を踏み入れた。淡いスタンドの明かりの下で、白々したメモ用紙が俺の帰宅を待っていた。

〝ユノキプロに電話のこと。遅くなってもだれかいるそうです〟

(なんだ?)

もう一度読み返したが、よくわからない。俺は妹と違うから、ユノキプロと直接なんのかかわりもない。だがまあ、そこまでおっしゃるのなら——プッシュすると、すぐ受話器の上がる音が聞こえた。さすがに二十四時間営業、コンビニなみの芸能プロである。

「はい、ユノキプロです」

聞き覚えがある。デスクの関《せき》女史だ。

「女史かい」

声を落として呼びかけると、相手のボリュームが上がった。

「可能さん！　待っていたのよ」

「な、なんだ。なにがあったんだ」

「七重が車にはねられたの」

「！」

全身をショックが走った。そんな馬鹿な。

「馬鹿な！」

思わず怒鳴ってしまった。俺の声が寝室に筒抜けとなったに違いない。ドアが軋んで、ネグリジェ姿の智佐子が顔を見せた。

「うちのプロダクション、青山にあるでしょう。彼女がビルの裏口から出たとたんだったわ。走ってきた車にはねられて」

「……」

俺はユノキプロの建物を思い出そうとした。二四六号線に面した表口と違い、裏手は静かな一本道だ。あんな場所でスピードを出す奴なんて、どうかしている。そこまで考えて、俺はぎくりとした。まさか——。

女史がまだしゃべっている。

「都合よくすぐ後から私が出ていったの。倒れている七重を見て、あわてて病院に担ぎ込んだわ。頭を強く打って後遺症が心配だったけど、さっきやっと精密検査が終わってね。大事ないという見立てでホッとしたところ」

絹ずれの音が耳元で聞こえて、俺の視野をピンク色が覆った。おでこのあたりに濡《ぬ》れた感触があった。智佐子のキスだ。

「そりゃあよかった……」

俺もホッとした。たとえ殺人犯に擬していたにせよ、交通事故なぞで、あんな若い美人をなくしたくない。

「明日、早速見舞いに行くよ。それにしても、なんだって俺に、即刻知らせてくれたんだい？」

「ああ、そのことね。前から七重に頼まれていたのよ。私になにか起きたら、すぐ可能さんに知らせるようにって」

「なにか起きたらって……すると彼女、自分が事故るのを予感してたのか」

「さあ。そんなことは知りませんよ。あの子占いに凝っていたかしら」

智佐子の腕が、首に巻きついてきたので、俺は適当なところで電話を切った。寝室で着替えしながら、俺は手短に七重の災難を話してやった。

「まあ……キリコさんの親友なんでしょう、その子」

心配そうだった智佐子も、怪我は大したことがなかったとわかって、胸を撫《な》で下ろしたようだ。後は、いつもの睦言《むつごと》になった。

一日の疲れが出て、俺は熟睡した。

朝の光を浴びて脳味噌が賦活すると、とたんにゆうべからの疑問が蘇《よみがえ》って、俺の頭を占領した。

「なあに、克郎さん。今日も深刻な顔をしてるじゃない」

「うー」

トーストを齧《かじ》りながら、俺は唸った。

「ただいま肉食獣に変身中？」

「……まあ、そんなところだ」

「賢治と殺人事件がつながったの」

「もう少しでつながる。いや、つながると思った。当てが外れた」

「どう当てが外れたのよ」

「犯人とばかり思っていた女性が、被害者になったらしい」

「ちょっと」

コーヒーをつごうとした智佐子の手が止まった。

「それ、三木七重ちゃんのこと」

「そうだ」

「話してみてくれない？　今回は克郎さん、助けを求める探偵さんがいないんでしょう。克郎さんが自分で探偵役になったんでしょう。だったら私がワトスンになるから、しゃべってみて。きっと考えがはっきりすると思うな」

そんなことをいわれても、智佐子の出勤時刻が近づいていた。いつもの俺は三十分遅れて出るのだが、今朝は七重を見舞う予定なので、いっしょに家を出るつもりでいた。

「だったら通勤の途中でしゃべってちょうだい」

賢治と殺人とラッシュアワーか。とんだ三題噺《ばなし》だが、たしかに聞き役がいるのは頭の整理にもってこいである。

「じゃあ聞いてくれ」

わが家は多摩ニュータウンの一角にあって、マンション葵という。田丸局長に恩を着せられて、会社のローンで購入したものだ。えんえん三十五年の月払いだが、それでも俺のサラリーの三分の一は吹っ飛んでしまう。当分の間共稼ぎしないわけにゆかない。

ゆるやかな下り坂を、ふたり肩をならべて歩いてゆく。早めに家を出たので急ぐ必要はなかった。駅へ着くまでの間に、俺は事件のあらましを語りおえた。

盛岡の朗読会で、贋作『プラネトーとマグネトー』があらわれ、羅須地人クラブのメンバーが異常な反応を示したこと。

『やまなし』で死んだクラムボンのこと。

その倉村は鷹取市の緑地部長で、賢治を売り物にした観光計画を推進していたこと。

かつて倉村たちの仲間であった七重の兄が、酔いどれ運転で事故死したこと。

「それで克郎さんは、倉村って人が溺死したのを、殺人だと考えてたのね。しかも犯人は、三木七重。動機はなんなの？」

「倉村に、兄さんを殺された。羅須地人クラブのメンバーも、偽証したという点では共犯だけれど」

「なぜ倉村は、七重のお兄さんを殺したの」

「倉村が作ったと称する童話は、実際には三木司郎が書いていたんだ……と思う」

「『プラネトー』という童話ね？」

「ああ。……俺は昨日、安曇野からの帰り際に、会社へ電話して調べてもらった。〝わらし〟という童話雑誌のことさ。廃刊直前にその年度の童話賞が決まっていた。それがプラネトーだった。ただし肝心の賞金授与も雑誌発表もない。雑誌がつぶれてしまったからね。だが受賞したことには違いない」

「せっかく受賞しても世に出なかったから、倉村さん、自費出版したというの？」

「そうだ。俺はその奥付を見た。八年前に三木司郎が死んだ、その一週間前の日付になっていた。それから俺は想像したんだ。三木司郎の実力は、ほかの雑誌の懸賞に入選していることで証明されている。なにかの手段で、倉村は司郎の草稿を手にいれて、自作として投稿した……それが〝わらし〟の童話賞にはいった。倉村は受賞作を目玉にして、自費出版までやってのけた。それまで沈黙していた司郎も、たまりかねたんじゃないのかな。羅須地人クラブの集会で不満をぶつけたんだろう、きっと。それから争いになったと、俺は想像する」

いくらゆっくり歩いても限界がある。駅に着いてしまったが、首都圏の通勤時間の長さはこんなとき便利だ。通勤特急の車内はすでに乗車率百五十パーセントのありさまだったが、智佐子とならんで吊り革につかまった俺は、なおもしゃべりつづけた。

「どんな経緯で司郎の死が事故に偽装されたのか、それはわからない。わかっているのは倉村家が地方の名門ということだ。友達三人に偽証させるのは、さぞ高くついたろうが、とにかく死んだ司郎だけが貧乏くじを引いた。兄の死の真相を、七重が、いつ、どんなきっかけで知ったのか、それもわからないんだが、知れば当然殺意がわいてくるはずだ。俺の推定では、プラネトーの台本を紛れ込ませたのは彼女自身だ。そのときのみんなの反応をまのあたりにして、確信をもったんだと思うよ。倉村が女好きということは、だれもがいっていた。七重がタレントの魅力で迫れば、多少非常識な時刻と場所であっても、彼は彼女とのデートを約束したに違いないんだ」

「……倉村に飲ませて、溺れさせた？」

「キリコの友達を殺人犯にするのは、俺も忍び難いんだが」

殺人と聞いて、隣に立っていた若いビジネスマンが、ぎょっとしたように俺の顔をうかがうのがわかった。

智佐子はしばらく黙りこくって、吊り革にぶら下がっていた。

それから口を開いた。

「無理じゃないかしら」

「なにが？」

「七重ちゃんが人殺しするのが」

智佐子の横顔に見とれていた、初老のサラリーマンが目をまるくした。

「時間がないわ。現場に飛んでいって、ナイフでずぶりとやって、引き返すのならともかくよ。克郎さんの考えだと、被害者をべろんべろんにさせるんだもの」

俺がなにかいおうとすると、智佐子が手をあげた。

「待ってね。……酔わせるのは、あらかじめ彼に飲ませて待たせるとか、方法があるかもしれない。それでも納得できないのは、あなたの話だと、その晩ショッピングが必要になったのは、偶然だったんでしょ。たまたま客が多かった。だから食材が不足した。……七重ちゃんにそんなことを予想できたはずがないわ。かりに倉村とデートの約束をしたとしても、伯父さんたちや後藤夫人に悟られずに、山梨市まで足をのばすことはできやしない。そうじゃなくて？」

「うーむ」

吊り革の輪へぐりぐりと拳を突っ込んで、俺は唸った。

「そういわれるとなあ……弱いかなあ」

白状しよう。実をいうと俺も、七重犯人説は引っ込めたくなっていた。彼女が殺人犯とするなら、だれが車で撥《は》ねたというのだ。犯人どころか、彼女はあわやふたりめの死者になるところではないか。

俺は顎に生えた不精髭《ひげ》をポリポリとかいた。いけねえ、髭を剃るのを忘れて出てきちまった。やはり俺にホームズは似合わないか。

「智佐子は、どう思う」

水を向けたが、愛妻も思わしくない表情だった。彼女も快刀乱麻には遠い。どちらかといえば被害者役がぴったりくるタイプだからだ。

それでも、智佐子は智佐子なりに知恵を出した。

「よくわからないけど、でも克郎さんの話だと、アリバイがはっきりしない人が、まだいるじゃない」

「だれのこった」

「小山田先生と、後藤秀一さん」

「あ、そうか。そうだな」

迂闊《うかつ》な俺はつかんだ吊り革で、おでこをコンコンと叩いた。ろくな音がしなかった。

事故と推量しながら、念のため警察は、倉村と安曇野に同行した江馬と朱美のアリバイを調べている。だがそれ以上の捜査はしなかった。というより必要を認めなかったのだ。小山田も、後藤も、まったくマークされていない。

俺としても、ふたりは倉村の仲間なのだから、頭から疑っていなかった。手ぬるい限りである。

「調べてみる」

とはいったものの、いまになってどう調べればいいのか。

ひとつ思いついた。行きつけのスナックで、文英社のスタッフにちょくちょく会う。そのとき、小山田の名を聞かされたのだ。

「うちの雑誌に書いてもらう予定です」

そういったのは、〝ざ・みすてり〟の編集者だった。

名前通りミステリーの専門誌である。たしかに小山田は、器用ななんでも屋だ。注文しだいでミステリーも書いたし、冒険小説も経済小説もものしたことがある。だが中間小説誌とちがって、〝ざ・みすてり〟は本格推理小説にこだわることを売り物にしている。そんな雑誌向きに書けるほど、小山田先生は勉強しているんだろうか。

だが編集者は、安心したようにいった。

「書けますよ。電話であれこれお聞きしたんですがね、思った以上にミステリーに造詣が深いんです」

「へえ……あの人がねえ」

「オリジナリティには乏しいけど、話しているとトリックが口を突いて出るんですねえ。あれならいける、そう思いました」

そのミステリー短編の締切りを、二月六日といっていた。倉村事件が起きた翌日である。江馬の言葉を借りれば、小山田は締切りぎりぎりまで原稿を書かない。さんざん担当をじらしたあげく、やっと間に合うように書く。〝ざ・みすてり〟もその調子だったとすれば、事件当日の彼のスケジュールは、文英社の編集が把握していたのではないか。そう考えたのである。

一方後藤は、店に問い合わせればすむことだ。鎌倉の小山田と違って、盛岡は遠い。現場である山梨市に到着するだけでも、長時間を要する。後藤が一日姿をくらましていた――という事態でも起きない限り、アリバイの立証は簡単だと思った。

「ありがとうよ」

と、俺は智佐子に素直に礼をいった。

「おかげでべつな角度から、見ることができそうだ」

2

智佐子の勤め先は赤坂で、俺の行き先は青山だった。〝夕刊サン〟の本社（もっとも支社は皆無なのだが）は東銀座にあるけれど、七重が入院しているのは、外苑前に近い病院だ。雑踏の赤坂見附駅で智佐子に別れた俺は、渋谷行きに乗り換えた。

地下からあがると、二四六号線を飛ばす車が目まぐるしい。ＶＡＮのビルを右に曲がるとすぐ、それらしい建築があった。面会時間には早いが、マスコミ屋の常として、そんなことに全然こだわらない。受付に座っているナースにとっときの笑顔を披露して通りすぎた。

病室が三一二号室であることは、ユノキプロから聞いている。俺はさっさとエレベーターを三階で下りて、一二号室を探した。磨き立てたように清潔だが、非人間的にととのった廊下は、スケート靴なしで滑走できそうだ。一二号室のドアには名札がなかった。ネームバリューはさほどでなくても、七重も旬のタレントである。トップ屋の餌食になどされたくないに違いない。

俺はドアを押した。七重が着替え中だったとしても、構うものか。生憎《あいにく》彼女は体のどこも露出していなかった。おとなしくベッドに仰臥《ぎょうが》して点滴をうけていた。

「可能さん！」

俺を見て、頭のてっぺんから出るような声で、迎えてくれた。

「おはようございます」

という声の主が、枕元の丸椅子から立ち上がった。

「や、天本さんじゃないか」

七重が連絡を頼んだのか、ユノキプロが気をきかせたのか、早くも美也が駆けつけていた。

「とんだ目に遭ったな……それにしても、どういうこった」

美也に代わって椅子に腰を下ろした俺は、気になっていたことを尋ねた。

「予感があったんだって？」

「そうなんです」

と、七重が恐ろしそうにいう。

「いまにきっと、なにかとんでもないことが起きる。そんな気がしていました。だからもし、私がどうかしたら、いちばんに可能さんに連絡してほしいって」

「しっかりしてよオ、七重」

美也が乗り出してきた。

「そんなん気のせい、気のせい」

「違うよ美也」

七重が力いっぱい否定すると、勢いに押されて点滴のスタンドが少し揺れた。

「地下鉄にね、乗ろうとしたら背中を押されたの。あぶなく踏みとどまったけど、もう少しぼんやりしていたら、レールに落ちて死んでいたわ」

「だれよ！　そんなことするのは」

「わかりっこないわ。地下鉄駅の混雑は、美也だって知ってるでしょう。それから二日たって、デパートのエスカレーターで、足をひっかけられたわ。あのときのぞっとするような感触。……その日は曇り空だったから、傘の柄の先だと思うの」

「やっぱり犯人はわからないのね」

「全然。そのとき私、派手にのけぞってね。仰向《あおむ》けに落ちてゆくところだった。でもすぐ後ろにいた人が、レスラーみたいに体格がよくて、ぐっと踏ん張ってくれたの。危なかった……私ひとりならまだしも、大勢を道連れにするところだったわ。それで私、へんに確信しちゃったんだ。なんだか知らないけど、狙われてることが。それで関さんに頼んだの。可能さんに連絡してねって……そうすれば、もし私がどうかなっても、後でスーパーさんが犯人をみつけてくれるでしょ」

六〇年代劇画ふうにいえば、ガーン、という奴だ。七重は俺を信頼して、関女史に電話させたのではなかった。俺をひっぱりだしておけば、キリコが一肌脱ぐだろう。そう考えたからだったのである。

どうあがいても俺はワトスンでしかないのか。

そんなつもりはなかったが、俺は彼女をにらみつけていたらしい。

愛嬌のある七重の顔が、こちらをむいてニッと笑った。磨き立ての白い歯だった。

「ごめんね、可能さんダシにしたみたいで」

「いや、なに」

慾ハナク
決シテ瞋ラズ
イツモシヅカニワラッテヰル……

胸の中で賢治の詩をくりかえして、俺も静かに笑うことにした。

「話してくれてよかったよ。ユノキプロの裏の道で事故に遭うなんて、考えられない。たしかにだれかが意図したものだ」

いいながら俺は、自分の胸がきりきり痛むような気分だった。

七重は犯人なのか。それとも被害者なのか。

「……可能さん」

「え」

俺を呼ぶ声の調子が変わった。七重が俺をまじまじと見つめている。美也も驚いたように、親友を見た。

「なんだ」

「とても、妙なの。信じられないの」

「なんだって」

「でも私、見たわ。見た」

熱にうなされているような言葉に、美也と俺は顔を見合わせた。後遺症がはじまったんじゃないか？

俺たちの目配せに気づいたとみえ、七重がひと足先にしゃべった。

「頭を打ったせいだといわれたら……どうしよう。でも、やっぱり私、見ました」

なにを見たというのだ。俺はじれったくなった。

「構わない、いってごらん」

「小山田先生です」

七重の声が震えていた。

「私を撥ねた車……小山田先生が運転していらした」

「作家の偉い人？」

美也が発した声は、七重の倍ほどもある音量だった。

「なんだってそんな人が、七重を撥ねたっていうのよ」

「わからないの……見間違いかなって思う……でもとにかく、宙をもんどりうった瞬間、フロントガラス越しに先生の顔が見えた……ような気がする」

「そうか」

俺は深い息をついた。

（七重の見間違いではないかも知れない……もし小山田が、七重に害意を抱くとしたら、それはどんな場合なのか）

美也の長い睫毛が、ぱちぱちと音をたてそうなほどの勢いで揺れた。

「なぜあの先生が、七重を？　おかしいわよ」

「うん、おかしい」

と、素直に七重が肯定した。

「私が先生の恨みを買ってるなんて、あり得ないもん。だからきっと、私の見間違いね」

彼女がそんなことをいうのが、聞こえた。だが俺は、見間違いとは思わない。十分あり得ることだと考えたのだ。

(あの作家は倉村氏の葬儀に駆けつける途中、七重と美也、それに俺の三人が立ち話する姿を目撃している。前々から彼が七重の素性を知っていたとすれば、いっそう疑いを濃くしたはずだ)

作家は作家なりに、倉村の死が他殺である場合を想像していた……警察の知らないところで、不幸な事件の共同責任を負っていたのだから、小山田が気を回したところで回しすぎということはない。

彼の目から見れば、スキャンダル大好き新聞の記者が、倉村の計画に反対していた女と倉村を恨んでいた女を相手に、親しげに語らっている姿は、さぞ敵意に満ちた構図であったろう。

(それが彼の行動の引きがねを引いた。彼が七重を襲ったのは、殺される前に殺そうとしただけなんだ)

七重によれば、二度にわたって危うい目に遭ったとか。失敗をくりかえした小山田は、ますます殺意に駆り立てられたろう。ついに彼は、もっとも確実と思われる手段に訴えた。だが、しょせん小山田は殺人のアマチュアでしかない。最悪の瞬間を七重に目撃されたあげく、殺人そのものにも失敗した。

「……可能さん？」

沈黙した俺を、美也が怪訝《けげん》な顔で見て、髪をゆすった。肩のあたりまでくる、素直なロングヘアーだ。鷹取市で会ったときは、喪服姿で髪を後頭部にまとめていたから、気づかなかった。

「どうしたんですか。怖い顔して」

智佐子も似たことをいった。いつもの俺は、よほどダレたご面相らしい。

「……ちょっと思いついたことがあってね」

立ち上がった俺はベッドに手を突いて、七重の目の奥をのぞいた。

「いま俺たちに話したこと、しばらくの間だれにもしゃべっちゃいけない」

「どうして」

問いかけた七重は、俺の真剣さに圧倒されたか、

「はい」

と、小さな声で請け合った。

「今夜のうちにもう一度くる……そのときわけを話すよ」

ドアまでついてきた美也に、俺は念を押した。

「いまの話だけど、ユノキプロの連中にも漏らさないほうがいい。俺がもどってくるまで、七重さんを見ててやってくれよ」

「そうします」

こくんとうなずいた。よし、ふたりともいい子だ。

彼女はエレベーターホールまでついてきた。

「もういいから、七重のそばにいてあげなさい」

すると彼女は、俺の顔を穴があくほど見た。

「今日の可能さん、まるで名探偵みたいですね」

本気でいってるのかよ、おい。

背筋がそわそわした。俺がすべてを心得た上で沈黙を守っていると、買いかぶったらしい。生憎だが、本当の俺は焦りまくっていた。わかっていてしゃべらないのと、わからないからしゃべれないのとでは、天地の開きがある。頼むから美也、それ以上俺を高く買わないでくれ。幻滅したあとの彼女の悪態は、さぞ痛烈だろうと思う。

美也たちに話す材料を仕込むには、まず小山田のアポイントメントを取る必要があった。俺はまだ、七重を犯人とするなんの証拠も手に入れていない。

「見かけ倒しなんだ。こういう男に騙《だま》されちゃいかんぜ」

エレベーターのドアが締まる寸前、本気で忠告してやったのに、美也はウフフと笑った。やれやれ……どう転んでも、俺は彼女をがっかりさせることになる。

推測通り七重が犯人という証拠をつかめば、美也の親友に手錠をかけることになるし、いくら知恵をしぼっても七重を追い詰めることができなければ、やっぱり名探偵の資格はないからだ。

美也と別れたときには、まだしも多少の自信があった。先生呼ばわりされていたところで、一皮剝けばへなへなの文士じゃないか。ハッタリをかませてやれば、八年前の事件をふくめて、恐れ入るに違いない。

そうすれば、七重の動機も犯行も自然に明るみに出る。

甘い俺は、そんなことを考えていた。とんでもないことだった。俺の知らないところで、賢治にまつわる事件は急転回をとげていたのである。

3

病院のロビーへ下りたところで、衝立《ついたて》で仕切られた電話コーナーが目についた。ちょうどいい。小山田のアポイントメントをとっておけ。ついでに智佐子に忠告された通り、後藤のアリバイも確かめておこう。

小山田は鎌倉の自宅で、簡単に連絡がついた。たまたま家族がシンガポールへ旅行中といい、家にひとりでいるそうだ。お互いに話しやすいに違いない。

つづいて俺は、盛岡へ電話した。銀河ステーションはだれも出ない。手帳を見直した

が、番号違いでもないし、休日でもなかった。ランチタイムに早すぎるのはわかってい
たが、キッチンの火は朝からはいっているはずだ。だれもまだ出勤していないのか。
それにしても階上は後藤夫妻の居宅である。店が無人なら、電話を二階に切り換えて
おくだろう。首をかしげて、もう一度プッシュした。
五度、六度と呼び出し音がつづく。あきらめて受話器を置こうとした寸前、朱美の声
が返ってきたので、俺は呆気《あっけ》にとられた。森のおうちに泊まる予定は、どうなったんだ。
そんなことを考えていたので、つい彼女に長くしゃべらせてしまった。
「銀河ステーションでございます。申し訳ございません、本日は臨時にお休みをいただ
いております……」
「奥さん、可能ですが」
呼びかけると、彼女もびっくりした様子だ。
「まあ、可能さん」
「どうしたんです。安曇野からいつお帰りになったんです?」
「大変でしたの。可能さんとお別れした後で、盛岡の主人から連絡がはいって……江馬
さんが亡くなられたって」
「江馬さんが死んだ!」
抑えたつもりでも、つい大声になってしまった。

「ど、どういうことです！」

「心臓麻痺《まひ》なの。ついさっきお弔いに行ってきましたわ」

彼女は涙ぐんでいた。それにしても心臓麻痺とは……いやな予感にせかされて、俺はせきたてるような口調になった。

「前からそんな持病があったんですか」

「いいえ。江馬さんは感電して亡くなったんです」

「感電！」

「はい。お風呂につかっている最中に、ドライヤーが湯に落ちて……」

一瞬、これもどこかで聞いたことがある――と思ったが、思うより先に俺は怒鳴っていた。

「それで感電したというんですか。なんとまあ」

不用心きわまる！

気の毒に思うより、むしろ滑稽な気がした。スイッチを入れたドライヤーを浴室の中で扱うなんて、非常識ではないか。なぜ脱衣室で使わなかったんだろう。

「仕方ありません、江馬さんは仕事部屋にいらしたんですから……マンションの小さな一室で……狭いユニットバスだったそうです」

「ははあ。ユニットバス」

江馬が仕事をしていたのは、ワンルームマンションなのだろう。キリコのボーイフレンド牧くんの家が、たまたまそのワンルームだったから知っている。脱衣室のスペースなぞ、あろうはずがなかった。

「それにしても、通電しなければ平気だったでしょうに」

「棚から落ちたはずみに、スイッチがはいったらしいんです」

「だいたいなぜそんなものが、棚から落ちるんです？　盛岡で局地地震でもあったというんですか」

「地震……といえば地震ですわ」

「え」

「国道に面して、とても通行量の多い場所なんです、江馬さんのマンションは。いつかもうちにいらして、こぼしておいでしたの。年中家がガタガタ震えるって」

阿呆らしすぎて、ものがいえない。

江馬透は、盛岡きっての売れっ子イラストレーターではないか。もう少しマシな家が買えなかったものか。

「それでも江馬さん、得意だったんですよ。盛岡でも東京そっくりのビジネスマンションが売り出されたって……まだ珍しいころに購入なすったわ」

やはり彼は、根強い東京コンプレックスを抱いていたとみえる……馬鹿な奴だ、と俺は思った。地方の中核都市として、盛岡の文化度はきわめて高いといえる。高名なミステリー作家もおり、なにより啄木と賢治ゆかりの町ではないか。どういうつもりで江馬は賢治にあこがれていたのだ……しょせん自分を売る方便であったとみえる。

後藤のアリバイを探るどころではなかった。涙声の朱美夫人をもてあまして、俺は電話を切った。その後しばらく、なにをする気にもならずロビーでぼんやりしていた。そのうちに、だんだんと頭がはっきりしてきた。

倉村のあだ名はクラムボンだった……のっぽの江馬のニックネームは電信柱だった。

（電信柱）

たちまち俺は、賢治童話の『月夜のでんしんばしら』を思い出した。

　ドッテテドッテテ、ドッテテド、
　でんしんばしらのぐんたいは
　はやさせかいにたぐいなし
　ドッテテドッテテ、ドッテテド
　でんしんばしらのぐんたいは
　きりつせかいにならびなし。

勇ましい軍歌の響きを伴奏に、腕木をのばした電信柱たちの威風堂々進軍する姿が、俺の頭の中を占領した。

ドッテテドッテテ、ドッテテド
いちれつ一万五千人
はりがねかたくむすびたり

そうか、規律正しく行軍しなくては、電線が切れて大混乱になるだろうな。そうなれば、あっちでもチカチカこっちでもピカピカ、スパークが飛び交って、月夜もなにもあったもんじゃない……。
そのとき俺の頭の中で、賢治の作と違うべつな童話のイメージがきらめいた。
昨日森のおうちでみつかった、倉村恭治自選集の『プラネトーとマグネトー』だ。しり切れトンボに終わった朗読と違って、自費出版の本には、むろんのこと最後の場面まで印刷されていた。斜め読みであったが、ラストシーンだけはちゃんと覚えている。

でんしんばしらからでんしんばしらへ、二本の針金がどこまでもどこまでも、ズイズイズイとのびていました。

でも今は、二本の線がぷつんと切れて、元気なく地面にたれさがっているのです。いうまでもありません、さっきの雷のせいで、針金が切れてしまったのでした。

「困ったなあ、うごけなくなったんだもの、ぼく」

その一本の針金の中で、プラネトーはうろうろしていました。それはちょうど、歩いてきた道の先のつり橋が谷底へ落ちてしまって、それ以上前へすすめなくなって、ため息をついている旅人のようでした。

「おうい、おうい」

プラネトーはまた、大きな声をはりあげました。でもその声を聞き取る者はだれもいません。もしだれかそのあたりにいたとしても、墨でぬりつぶしたような谷のくぼみで、パチパチとまたたく線香みたいな光を見るのが、やっとのことであったでしょう。

「おうい、おうい」

返事をしてくれる相手はいないけど、プラネトーはじっとしていられなかったのです。このままここでうごかずにいると、力がどんどんなくなってゆく、そんな気がしたものですから。はりがねの切れ端は、ぬれた地面にくっついています。どうしたことか、その土にさわったところから、プラネトーの力が止めどなくぬけてゆくように思われました。

いやだなあ、とプラネトーは思いました。やっとここまで、高い空にかかった針金の中を旅してきたというのに、これからはあんなグチョグチョした土の下へ、もぐってゆかねばならないのか。

そう考えるとプラネトーは、ますます元気がなくなりました。それでおしまいに、もういっぺんだけ呼ぶことにしたのです。

「おうい、おうい」

だれにむかって叫んでいるのか、プラネトーは自分にもよくわかりませんでした。ところがそのとき、ふしぎなことがおこったのです。

「はあい、はあい」

その声はいったいだれなのか。とてもきれいに澄んだ高い声が、ずっとずっと遠くから、プラネトーの呼びかけに答えてくれました。

あっ、きっと仲間だ。プラネトーはそう思いました。それで前よりもっとねっしんに、のこっているありたけの力をこめて、叫んだのです。

「おうい、おうい」

「はあい、はあい」

「どこにいるんだい」

「わたしならここよ」

プラネトーはびっくりしました。すぐ近くに、もう一本のはりがねが切れて落ちていましたが、その切り口がぼんやり光りはじめたからです。

「はあい、はあい。私はマグネトーよ。あなたはだれ」

「ぼくは、プラネトー」

「ああ、よかった。ひとりきりかと思ったの。とてもさびしかったわ」

「ぼくもさびしかった」

プラネトーがいうたびに、なん百匹ものほたるをあつめたような光が、切り口からチカチカともれるのです。

おなじようにマグネトーが顔をだしているはりがねからも、ガラスをあつめたようにすきとおった光が、チリッチリッとあらわれました。

「ぼくたちお友だちになれるかな」

いちだんと大きく光をゆすって、プラネトーがいいました。

「きっとなれるわ」

月の光をつめこんだみたいに、ユラユラとうつくしい光をかざして、マグネトーはいいました。

「もうひとりぼっちじゃないんだ」

「ええ、ひとりぼっちじゃなくってよ」

プラネトーは相手にさわりたくて、おもいっきり手をのばしました。マグネトーのほうでも、プラネトーにさわろうとしたみたいです。

チカチカ揺れる光と、ユラユラうつくしい光とが、二本のはりがねからちょっぴりだけながれだしました。

「もう少しだ」

「風さん、手伝って」

谷のくぼみには、ふだんあまり風がないのですが、さっきの雷さわぎのせいで、風も気がたっていたのでしょう。マグネトーの声がとどいたかどうかわかりませんが、風がびゅんと金切り声をあげました。

その風におされて、二本のはりがねが、いまにもぴたりと寄り添うように見えました。でももう少しのところで、気まぐれな風はバタリとやんでしまったのです。

けれど、プラネトーとマグネトーにとっては、それだけの風でじゅうぶんでした。

ピッカリピッカリコ、ピッカリピッカリコ。

谷間の林が影絵になって、後ろのがけに枝と幹の形を、写真みたいにやきつけました。

「わあっ」

思わず知らず、プラネトーは大声をあげています。

雷そっくりの目をみはるような光が、深いくぼみにみちあふれたのです。

プラネトーもマグネトーも、目がつぶれるほどものすごいかがやきに、それは大あわてでした。

空から降ったいなづまは、あのときこんなふうに谷間をのこらず照らしだしました。でもいま、プラネトーとマグネトーがそろってきらめかせた光も、それに負けない強い光だったのです。

「とってもきれいだよ。マグネトー」

「そういうあなただって、すてきだわ。プラネトー」

ピッカリピッカリピッカリコ。

ピッカリピッカリピッカリコ。

二本のはりがねは、なんだか腕をくんでいるようにみえました。風のいきおいはとっくにおさまっているのに、プラネトーとマグネトーはけっしてはなれようとしません。かがやくはりがねの切り口は、ほたるどころか、たいまつより、たきびより、いろりよりもあかるく、光りつづけました。

もし鳥のだれかが眠い目をこすって、プラネトーとマグネトーの光を見たとしたら、きっと星が谷間に落ちてきらめいているのだと思ったことでしょう。

「ああ、ぼくはもうとろけそうだ、マグネトー」

「私もそうよ。胸のシンまで熱くなったわ」

ドロドロぼうぼう、ドロドロぼうぼう。二本のはりがねの切り口は、星より、月より、太陽より、明るい光をはなちはじめたのです。ブスブスブスブス、あたりに焦げ臭い匂いがたちこめます。

あわてた鳥たちが、いっせいに羽音をたてて、こずえの巣から飛び立ってゆきました。谷のくぼみは、煙でむせかえるようです。パチパチとはぜる音が聞こえ、どおっと吹きおりてきた風にあおられ、真っ赤な炎はごおごおと、林にそって躍りあがります。その足元では、あれほどりっぱに堂々とならんでいた電信柱の群れが、一本のこらず火につつまれていました。

そしてまた、見違えるほど明るくなった谷間を、プラネトーとマグネトーは、火の粉となって飛び立ってまいります。ナスビ色した夜の空にむかって、手を取り合ったふたりは、どこまでもどこまでも舞うように、踊るように、歌うように、駆け上がってゆくのでした。

4

「感電か……」

横須賀線電車の中で、俺はなんどもつぶやいた。

電信柱こと江馬画伯は、感電によって命を絶たれた。童話『プラネトーとマグネトー』の最後そのままに。

偶然の一致だろうか……そうではあるまい。

確信したといっては、若干の照れがのこる。三流記者の俺らしく、事件が少しでも派手になることを願っているからだ。

事故死然としていることは、倉村の場合とおなじだった。ワンルームマンションのせまいユニットバス、棚に置かれたドライヤー、地震と形容したくなる夜の国道を疾走する大型車の群れ。ひとつずつの要素はありふれたものだが、それが連結されたことによって、人ひとりの命がうしなわれた。

倉村の事件がなければ、俺だって偶発事故と片づけたに違いない。いや、倉村の場合にしても、クラムボンとやまなしの一致がなかったら、俺はなんの疑念も持たなかったはずだ。

俺はぶるっと体を震わせた。

倉村と江馬を殺したのが、おなじ犯人だとしたら、俺の犯人七重説は根底からくずれてしまうのだろうか。

倉村は三木司郎が書いた『プラネトーとマグネトー』を柱として、自家製の童話集を出した。それを指弾したであろう司郎を、倉村は殺した。羅須地人クラブの仲間がこぞって倉村をかばい、彼の罪は闇に埋もれた。八年後のいま、犯人は彼らに報復をくわえようとしている、というのが俺の推理であった。

司郎に代わって復讐《ふくしゅう》できる者は、彼が愛した妹の七重だけだ。

そう思い込んでいたのに、倉村はともかく江馬は、彼女が手のとどかないところで死んだのである。

――俺はあれから〝夕刊サン〟に電話して、江馬の変死の情報をくわしく知らせてもらった。その結果、彼の死は昨日の朝であったことがわかった。江馬の生活は夜型だったというから、徹夜で仕事をすませて明け方に風呂へはいり、奇禍に遭ったものと判断されている。

夜になって仕事部屋を訪ねた家人が、浴室で冷たくなった江馬を発見した。

古い友人である後藤に知らせがゆき、その後藤からさらに朱美に連絡がはいったのである。

それがわかって、俺は江馬を殺したのも七重だと信じた。新幹線を使えば東京―盛岡間はせいぜい三時間の距離だからだ。

念のためユノキプロに聞くと、そうはゆかなかった。

関女史が明言したのだ。

「七重なら、昨日の午前中ずっとヤマトテレビのスタジオにはいってましたよ。ええ、ビデオ撮りでね。朝八時からかかって、アップしたのは午後二時をまわったって。それがどうかしたんですか」

俺は尻尾を巻かないわけにゆかなかった。

江馬の変死に、七重がかかわることはできない！　倉村と江馬を殺した犯人が同一人物であったとすれば、七重は倉村をも殺していない……。

不意に電車が大きく揺れて、われに返った。

にわか探偵の俺は、大混乱の最中である。

もともとワトスンの俺に、新しいワトスンは存在しない。やむなく俺は、自問自答をはじめた。ホームズとワトスンの一人二役である。貧乏たらしい探偵だ。

七重が小山田に襲われたのは、彼女の観察通りだったとしよう。すると？

(小山田は俺とおなじ結論に達したのだ)

(倉村を殺したのが、七重だとね。疑心暗鬼というやつだな)

(そうさ。彼女が俺たちと、葬儀場の近くで立ち話していた。それだけのことでプッツンしたというのは)

(俺の推論も、一部は正しかったことになる)

(倉村が上梓した童話集は、実際には三木司郎の作だった……)

(それにしても、なんだって倉村は、そんなことをしたんだろうな)

（名家出身としては、どの分野でも頭角をあらわす必要がある。そんな教育をうけてたんじゃないか？　鷹取市の役人になれば、派手な計画を推進しようとするし）

（名誉欲か……賢治ファンにふさわしくないね）

（賢治研究そのものが、倉村の恰好つけじゃなかったのか）

（そうかもな。現に今年、賢治生誕百周年というので、猫も杓子《しゃくし》も賢治ケンジとかまびすしい）

（というお前さんだって、賢治を取材にはるばる盛岡まで足をのばした）

（大きなお世話だ。いっとくが、お前は俺で俺はお前なんだぞ。天にむかって唾を吐くなよ）

（わかってる。それよりも、七重犯人説が俺や小山田の誤解だとすると、真犯人はどこにいるんだ？）

（うむ……）

（朗読にプラネトーをまぜたり、クラムボンをやまなしで殺したりした細工は、羅須地人クラブのメンバーを、不安に陥れる手だと思っていた。だが、七重が犯人ではないとすると、その点が宙に浮くぜ）

（……倉村は事故に偽装されてしまった。だが江馬の場合は道具立てがこみいってるから、警察の調べで殺人事件と立証されるかもしれんな）

（はっ。つまり、お前さん降参ってことか。名探偵役が務まらないから、警察に任せるってことか）

（うるせえ）

俺は憤然とした。自分で自分に喧嘩を売っていれば世話はない。

俺はにゅっと座席の前に足をのばした。考えているうちについ前かがみになって、腰のあたりが強張《こわば》ってきたからだ。ところが俺が自問自答しているうちに、横須賀線はけっこう混みだしていた。空いていた前の席に、いつの間にか梅干しじみたお婆さんが腰を下ろしており、俺ののばした足の先を杖《つえ》でちょんちょんとつついた。不作法だというんだろう。俺があわてて足をひっこめると、とたんにお婆さんは人のよさそうな顔になって、二、三度ひょこひょこ頭を下げた。

混みあっていた電車が、北鎌倉の駅に着くと少しすいた。鎌倉駅までくると、どっと音をたてんばかりにして、大勢が下りた。それについて下りてゆくのがなんだか癪にさわって、もう少し乗ってゆきたいような気がしたが、そんなのんきなことをしている場合ではない。

一度だけきたことのある小山田邸は、駅の東口から歩いて十二、三分の高台である。銭洗弁天の近くといえば、鎌倉を知っている人なら見当がつくかも知れない。あいにく俺には見当がつかない。銭洗弁天というのは、たしかそこに湧く水で銭を洗うと、霊験あらたかに増えるのだそうだ。増えるといっても、まさかキノコみたいに数が増すのではなかろう。利殖に成功する、バブルで当たる、という意味だろうと思う。コインならいいが一万円札を洗ったら、ふえるどころかくしゃくしゃになってしまう。いっそキャッシュカードを洗えばいいかも知れない。

昔ながらの住宅街には、無粋なブロック塀なんて見当たらない。春というには風の冷たい日であったが、緑濃い生け垣に区画されて、坂の多い町は静まり返っていた。どこかで梅が咲いているらしく、ひとしきり風が渡ったあとで、おだやかに淡い香りがただよってきた。

季節的にも観光コースからも外れているので、あたりはひっそり閑としていた。甘ったれるような犬の声がひとしきりしたと思うと、またシンとなった。核戦争がはじまるというので、町ぐるみ逃げだしたみたいに、人の気配がしない。はじめてきた者なら、この一帯は大手建設会社のモデルハウス群だといわれても、信用するに違いなかった。

俺は記憶をまさぐりながら、一軒ずつ門をたしかめていった。なん軒めかに、〝小山田〟の表札を発見して、胸を撫でおろした。

心配していた猛犬注意の札もない。インターフォンに名を告げると、

「はいりなさい」

例の渋い声がスピーカーから飛び出した。

威風堂々とした門扉に、小さな木戸がつけられていた。そこをくぐると、瀟洒《しょうしゃ》な庭がはじまる。せいぜい二百平方メートルぐらいだから、大して広いとはいえないが、和洋渾然《こんぜん》とした庭園が、この家のオーナーの趣味のレベルを反映していた。

家そのものも、和風とつかず洋風とつかず、ちょっとユニークな建築だった。主人の小山田も、なんでもありの作風だから、肌が合うのだろう。

玄関に立って、あらためてベルを押すかどうか思案していたら、玄関のほうで勝手にドアが開いた。

「はいりなさい」

ここのドアはリモコンで開閉できるようだ。小山田は上がり框《がまち》に立っていた。ラフなコーデュロイのパンツに、グレーのバルキーセーター、その上に煉瓦色のカーディガンをひっかけていた。

「ご無沙汰しております……」

挨拶しようとすると、小山田にやんわり制止された。

「まあ、おあがり。といっても、今日は私ひとりだから、お構いできないが」

オツベルと象

1

玄関脇に書斎兼応接室がある。そこへ通されたのも、以前きたときとおなじだった。すすめられるままにソファに座ると、ぷんと鼻をつく匂いがした。ウィスキーだった。書棚の一角がホーム・バーになっており、見慣れないスコッチのボトルの蓋があいていた。グラスには三分の一ほど琥珀《こはく》色の液体がたたえられている。どうやら小山田先生は、昼間から酒を召し上がっていたらしい。

俺の視線に気づいて、彼はにやりと笑った。

「やるかね」

「いえ、仕事中ですから」

「嘘をつきたまえ」

ウィスキーを新しいグラスにつぎながら、小山田は背中で笑った。

「〝夕刊サン〟の局長に聞いたよ。デスクから足を洗ったんだって。それでのんびり賢治の取材をしているんだろう」

「はあ」

「……で、今日きみがうちへきたこと、だれかにいってあるのか？」

「いえ、全然」

と、正直なところをいった。

なんの用件で訪ねるのか、アポイントメントをとったときも話さなかったのだ。

「まあ、やりなさい」

と、彼はグラスを俺の前に押した。

「ありがとうございます」

自分でも意地汚いと思うのだが、好きなものは仕方がなく、俺は小山田にすすめられるまま、クイッとあけた。小気味いい味と香りが、喉の奥へ滑り込んでいった。甘露、甘露である。

はっきりいって、長年の記者稼業で面の皮が厚くなっている俺だって、今日の訪問の用件は切り出しにくい。アルコールの援軍をもらえるとすれば、俺だって好都合といえたのだ。

「〝夕刊サン〟の注文でないのなら、賢治のことかね。そういえばきみには盛岡でも会ったな。熱心な取材でけっこうだ」

「はあ、どうも」

「――で？」

俺の目をまっすぐに見ながら、小山田が形をあらためた。

「用件はなんです」

「はあ。賢治のことといえばそれに違いないんですが」

「羅須地人クラブのことかね。……倉村が死んだ。今朝聞いたばかりだが、江馬も死んだそうだ」

「やはりご存じなんですね」

「当たり前じゃないかね。彼と私は大学時代からの親友なんだ」

という言葉を聞いて、俺はまじまじと小山田を見た。

そうだ、この男は江馬や後藤の同期生なのだ。してみると、俺ははじめて会ったときから「先生」「先生」と呼んでいたが、なんのことはない……俺より年齢的にはずっと若いのか。

その事実を確認して、俺はいささかげっそりした。

まあ仕方がない。小説だからこの程度の年の差ですむが、マンガの世界では四十、五十の分別盛りが、二十代前半の若造を「先生」と奉っているのだから。

「なにか、私の顔についているのか」

神経質そうに額に皺を寄せた小山田が、俺の顔をのぞきこんでいるのに気づいた。

「いえ……こうしてみると、先生はまだお若いんだなと思って……」

「あんたよりはね」

無愛想に答えてから、小山田はにやりとした。

「私が宮沢賢治だったら、もう最晩年ということになるがね」

「その賢治ですが」

俺は気を取り直して、小山田に攻撃をこころみることにした。

「先生は大学時代、羅須地人クラブにはいっていらっしゃった」

「はいっていたというより、私がつくったんだ」

小山田は胸を張った。

「盛岡はいわば賢治のご当地なのに、うちの大学ではさっぱり研究する者がいない。癪にさわって、文学仲間うちで旗をかかげた」

いま文学で飯を食っているのは、小山田ただひとりである。そのプライドにかけても、創立したのは自分といいきりたいのだ。俺も、彼の誇りに義理を立てることにした。この時点で彼を怒らせたところで得るものはない。

「そうか。そのとき馳《は》せ参じたのが、倉村さん、江馬さんたちですね」

「後藤もわりに最初から顔を出していたな。後藤夫人になった朱美さんも。旧姓を風野《かぜの》といったので、われわれの間で大いにもてた」

「ははあ?」

「風野はあんた、又三郎の名字じゃないか」

そんなことも知らんのか、という口ぶりだった。

「あ、ああ……風の又三郎でしたね」

うんうんとうなずいてから、勢いをつけていった。

「有力メンバーに三木さんという人もいましたね」

「いたよ」

スッと小山田の両の目が細くなった。デスクに置かれていたメガネのケースから、ゆっくりした仕種《しぐさ》で、サングラスを取り出した。

「三木司郎。タレント三木七重の兄だ」

「どんな人物でしたか」

「なぜあんた、そんなことを聞くわけ?」

「は?」

小山田がサングラスをかけた。糸のように細くしていた目が、見えなくなった。俺はちょっと驚いた。人の表情というのは、両眼を隠しただけでこんなに掴みどころがなくなるのだ。

「賢治に関する取材ですから。いまをときめく小山田先生の原点は、賢治であった。……先生の大学時代、賢治を研究する仲間がいた。……そのあたりを大きく扱いたいんですよ。グループのひとりひとりにスポットをあてて」

「しかもそのうち三人はすでに死んでいる。〝夕刊サン〟的センスからいえば、面白そうな題材になる」

「〝夕刊サン〟じゃないです、新雑誌の巻頭記事なんです」

俺の抗議を無視して、小山田はボトルを差し出した。

「まあ一杯飲みなさい」

「は……」

「三木司郎がどんな人物だったかを聞きたい。そういったね」

「いいました」

「いい奴だったよ。才能という点で、群を抜いていた。ここで俺がいうのは、賢治を理解する才能だぜ。実をいうと俺たちは、賢治の詩人としての、童話作家としての実績を追うばかりだった。彼の宗教的なバックボーンについて、ほとんど無知な者がそろっていた。これがいっそ派手な演出をやらかす新興宗教ならまだしも、南無妙法蓮華経を唱えるばかりの宮沢賢治なんて、ダサいイメージしかない。ところがあの男はそうじゃなかった。賢治の詩や童話、さては農家に対する献身ぶりを理解するには、まず彼の仏心を知る必要がある。そういっていた」

「……ははあ」

「と相槌《あいづち》を打つあんただって、そのあたりの事情を、掘り下げて考えたことがあるか？　あの高名な〝雨ニモマケズ〟の詩が最後が南無妙法蓮華経のページで終わることを、知っていたかい？」

サングラス越しににらまれて、俺がかすかに首をふると、小山田はきゅっと唇を曲げた。だれを笑ったのか、知らない。

「あの詩が賢治の死後に発見された手帳に書きつけられていたことは知ってるよな。最後のページには、真ん中にでかでかと『南無妙法蓮華経』と記されてある。その左右に、『南無無辺行菩薩、南無上行菩薩、南無多宝如来。南無釈迦牟尼仏、南無浄行菩薩、南無安立行菩薩』とあるんだ」

俺は目をまるくした。

「よく覚えてますね」

「はは……覚えていたのは、俺じゃなく三木だった。悔しいんで、そのあとすぐ俺も暗記したんだ。死ぬ直前の賢治は、文字通り仏に近い境地にあったと思うよ。だが、初期の賢治はそんなんじゃない」

「後藤もそんなことをいってました」

「あいつか。あいつならいうだろう。そろそろあいつ自身、雨ニモマケズのころの賢治に近くなったようだしな」

「小山田先生はどうなんです」

「俺が仏になれるもんか」

嚙《か》んで吐き捨てるようないい方が、俺をぎくりとさせた。

「俺がなれるのは、せいぜいオツベルさ」

「オツベル……ああ、白象をいじめた奴ですね」

「そうだ、そのオツベルだ」

小山田が歌うようにいった。

「『オツベルときたら大したもんだ。稲扱器械《いねこき》の六台も据えつけて、のんのんのんのんのんのんと、大そろしない音をたててやっている。十六人の百姓どもが、顔をまるっきりまっ赤にして足で踏んで器械をまわし、小山のように積まれた稲を片っぱしから扱いて行く。……』オツベルにだまされて、いいようにこき使われている白象を、仲間が助けようと大挙してやってくる。百姓たちは降参するつもりだが、オツベルは徹底抗戦さ。六連発のピストルを持って、象の大群を迎えうつんだ……おや、どうしたね可能くん」

2

どうしたもこうしたもなかった。俺はむしょうに眠くなっていた。小山田がオツベルの話をはじめると、俺はたちまち舟を漕《こ》ぎはじめたが、彼に揺り起こされてあわてて目をこすった。

「どうもすいません」

オツベルにだまされて、ひたすら労働力を提供させられていた白象より、俺は人のいい男だった。どうにか姿勢をたてなおして、小山田にむかいあった。こんなところで寝ていられるか。まだまだ聞きたいことが、山のようにあるのだから。

「……小山田先生は学生のころからオツベルだった。そして倉村さんは」

「あいつか」

小山田が歯牙にもかけない、というふうだった。

「ありゃあ赤い手の長い蜘蛛《くも》だ」

「なんです、それは」

「知らないのか。賢治がはじめて作った童話のひとつさ。改稿して、『洞熊《ほらくま》学校を卒業した三人』という題名の童話にはいってるがね。初期の賢治のぶっそうな趣向がまるだしで、倉村は大喜びしたもんだ。いいかい、可能くん」

小山田が顎をあげて、また歌うようにしゃべりだした。

「ここはどこでござりまするな。」と云ひながらめくらのかげろふが杖をついてやって来た。

「ここは宿屋ですよ」と蜘蛛が六つの眼を別々にパチパチさせて云った。

かげろふはやれやれといふやうに、巣へ腰をかけました。蜘蛛は走って出ました。そして
「さあ、お茶をおあがりなさい。」と云ひながらいきなりかげろふの胴中に噛みつきました。

かげろふはお茶をとらうとして出した手を空にあげて、バタバタもがきながら、

「あわれやむすめ、父親が、
旅で果てたと聞いたなら」と哀れな声で歌ひ出しました。……

「倉村さんは蜘蛛でしたか」

と俺は緩慢な口調でいった。

「すると三木さんは、胴中をかじられたかげろうですか」

「後藤に聞いたよ」

突然、小山田がそんなことをいいだした。

「あんた、倉村の自選童話集を読んだってなあ。よせばいいのに朱美さんが、あんたにいろいろ話したそうだな。……そしてあんたは、そのあと勝沼の民宿に寄るといった。実際に出かけたんだろ。そこでなにを聞いたんだ。え？」

サングラスが俺の顔の前に迫ってきた。それでも俺は、さしたる危機感を覚えていなかった。睡魔と戦うのに精一杯で、そんなところまで気が回らなかったとみえる。それどころか、俺は小山田を挑発したみたいだ。

「司郎さんの伯母さんは、仏みたいな人といってましたよ。童話作りの名手でもあったとか。……『プラネトーとマグネトー』は、そのひとつだったんでしょ」

「そうだ。三木司郎が書いたんだ。それがどうした」

「でも、倉村自選集に載っていた。……なぜなんです」

「司郎がクラムボンに売ったからだ」

「売った？」

俺はびっくりした。ほんの少しだが、目が覚めた思いだった。

「自分の童話をですか。なぜ」

「金に困っていたからだ」

わかりきったことを聞くな、という口ぶりだった。

「親父は死んでいたし、母親は家も土地も倉村のうちに取られていた。バイトバイトで、その日暮らしだったからな。原稿があがった日、あいつの妹の誕生日だった。いいものを買ってやると、約束していたんだそうだ。ところが出るはずだったバイト代が遅れた。妹との約束を守るため、手持ちの原稿を売ったんだよ」

「七重さんの誕生日でしたか」

「賢治にたとえれば、妹のトシってわけだな」

「買った原稿で倉村さんは、懸賞に応募した……入選した」

「そうだ。入選してかえって倉村は弱ったらしい。自分が作ったんじゃないから、創作の苦心なぞ聞かれたらどうしよう……」

「なるほど」

「もともとあいつは賢治なんて目じゃなかったんだ」

「え、そうなんですか」

「あいつにせよ、後藤にせよ、お目当ては風野朱美なんだ」

「あの奥さん！」

「魅力的だろ、いまでも。俺だって正直なところ、気があったんだ。羅須地人クラブを作った理由のひとつが、彼女を仲間に引き込むことだったからな。倉村は俺にはっきりいったよ。風野さんがいなかったら、賢治なんて読むもんか」

「倉村さんが童話雑誌に応募したのは、朱美さんに認めてほしかったから……そういうことですか」

「当たらずといえども遠からず」

あははと、小山田が大口をあけた。

「生臭い羅須地人クラブで呆れたろ。倉村も後藤も、正直といえばいえるがね。俺と江馬は、たしかに賢治に魅かれていた。三木にいたってはどっぷり賢治に漬かっていた」

「当の朱美さんは、どうだったんです」

「彼女は純粋だったさ。賢治の詩も童話も花壇の設計図まで、熱心に読み込んでいた。あのころの盛岡はまだまだ星空がきれいだった……カシオピア座はあれだわ、なんて朱美さんが指さしたのを、昨日のように覚えている。おかしなことに、彼女は、決してカシオペアといわなかった。賢治が書いた通り、カシオピアと発音していたよ」

「その朱美嬢は、けっきょく後藤のものになったんですね。倉村さんより後藤のほうが、熱心だったということですか」

「いや、倉村だって懸命だったさ。俺も江馬もはらはらしていた。俺はもちろん、江馬だって彼女を憎からず思っていたんだからな。少なくとも彼女にだけは、傷ついてほしくなかったよ。だが思いがけない形で、ふたりの間の決着がついた……」

俺はまたぞろ、朦朧《もうろう》となりかけていた。歯を食いしばって眠るまいとした。膝に爪をたてて我慢しつづけた。

それでもまだ、ウィスキーに睡眠薬を入れられたとは、夢にも考えていなかったのだから、甘いという以上に愚かな俺だった。

のちに思うと、小山田は常にサングラスの裏側から、俺の様子をじっと観察しつづけていたに違いない。パイプをくわえたオツベルが、従順な白象を観察して、だんだんに仕事をふやしかいばを減らしていったようなもんだ。

俺の前の小山田も、いつしかグラスを置いて、ゆったりとパイプをくわえていた。ますますオツベルそのものになっていた。

「……倉村の親父はやりすぎたよ。市会議員の選挙にうって出ようとして、金があるのにまかせて選挙民を買収しようとした。そいつがばれて、警察に捕まった。地方の名士もこうなってはだらしがない。倉村は大学を出るのと同時に、盛岡から逃げだしたんだ。そのあとどういう手順で鷹取市へ就職したのか知らないが、あの性格なら小役人にはもってこいだからな」

小山田は俺をのぞきこんだ。俺は首筋から背中まで、全身の重量をソファの凭《もた》れにあずけて、でれりとなっていた。

「どうだね。まだなにか聞きたいことがあるんじゃないか」

「……ほんとうに」

　俺は目にかかった靄《もや》を振り払おうと、両手をふりまわしながら尋ねた。バッテリーのあがったロボットみたいに、よたよたした動きだった。

「ほんとうに、三木司郎さんは、車の事故を、起こした、のですか」

「警察が調べをつけてるんだ。警察が」

　小山田は不愉快そうに断言した。

「公務員を信頼しないのか、記者くんは」

「しません……ねえ。記者だから、わかるんです……」

　涎《よだれ》を垂らしながら、俺は強情だった。そうだ、〝夕刊サン〟がメジャーなマスコミではないからこそ、わかる。ブラウン管だの液晶だのを見ているだけで、世の中の裏表がわかるというなら簡単だ。実態はそんなもんじゃない。日本の警察の検挙率が高いのは世界的に有名だ。だがそれは明るみに出た犯罪の場合である。表沙汰にならなかった犯罪は、そもそも捜査の対象にすらならないではないか。

「倉村さんの事件が……そうだ。三木さんの場合も……そうだ」

「可能くん」

　小山田がおそろしい形相になった。

「その証拠があるか」

「ある……」

俺は指をあげて、相手の眉間を指さした。俺の指がこんなに重いものとは知らなかった。まるで百キログラムほどありそうだ。小山田が顔をしかめた。

「あんたの……その……顔だ」

俺は小山田の性格を知っている。小山田徳三は小心者なのだ。傲岸《ごうがん》に振る舞っているが、それは仮装だ。実態の小山田徳三は小心者なのだ。この手の性格で、なまじ社会的地位のある男が、警察の調べにもっとも弱い。おそらく小山田自身、それを痛感していることだろう。

だから彼は、耐えられなくなった——なにがきっかけになったのかは、想像のほかであったが。

小山田がカーディガンのポケットから、一枚の写真を取り出した。

「これを見ろ」

俺の鼻先に、その写真を突きつけてきた。

3

なんだ？　この写真は。

洒落たデザインの柱に丸い標識がふたつ取り付けてあった。いや、右側は標識ではない。丸い枠の中に鐘が吊ってある。左側の標識には小山田と書かれてあった。その上にルーナノクトという文字も見えた。さらにその上部に描かれているのは、信号だろうか。それも腕木式の。

だがなによりもいちばんに目に飛び込んできたのは、写真そのものに大きな×印が、赤いマジックで引かれていたことだ。

「……これは、ＪＲの釜石線だ」

小山田が説明した。

「知っているか？　賢治が銀河鉄道を描写するのに、モデルにした線だ。そのころはまだ釜石軽便鉄道だったがね。いまは全線を銀河鉄道になぞらえて、駅ごとにこんなニックネームがつけてある。これは小山田駅だ。新花巻のひとつ東側にある」

「……これが、送られて、きたというのか……」

「そうだ。俺にあてつけて、つぎはお前だ、犯人がそうあてこすっているんだ。見ろ、この赤い筋を！　俺の名前に血飛沫がかかってるみたいじゃないか。理由もなく朗読会にあらわれたプラネトー、それだけでも神経質になっているのに、クラムボンがやまないで死んだ。今度は小山田に赤い×印だ。犯人は三木の妹と俺が考えたのは、当たり前だろう。だからといって、三木七重を訴えるわけにゆかない。そんなことをすれば、警察の手がのびてくるのはこっちだからな！」

「十……五……年」

俺はよせばいいのに、指を折ってみせた。

「なんだと」

「殺人罪の……時効」

「バカにするな！」

猛烈なビンタがきた。よける暇も、体力もなかった。そもそも眠くてそんな気にならなかった。ひどい音がして、俺の頭が揺れた。

「あり……がとう」

「なに」

「少し……目が……覚めた」

「ふざけるな」

ゆとりのない男だ。小山田は本気で腹を立てていた。

「きさま、なぜ俺たちが、三木司郎を死なせたのか、知ってるのか！」

「知る……わけ……ないだろ」

「話してやる。それまで眠るな」

またひっぱたかれた。頭がぐらぐらしたが、痛みはちっとも感じなかった。

「いっとくがな、眠ったらそれが最後だぞ」

「うー……」

　ソファにもたれた俺の目に、天井のシャンデリアが見えた。

「ひょっとしたらきさま、俺があいつの才能に嫉妬したとでも思ったか？」

「……かな？」

「なにをぬかす。あんなくだらない、賢治のまがいものの童話なんぞ、どうだっていい。才能も感覚もありゃしない」

　そうおっしゃるあんたはどう。はやりの小説をなぞってそこそこ売れたと思うと、もういっぱしの作家面して、鎌倉に家を建てた。まがいものの文士というのが、あんたの肩書じゃないのか。けっ。

　唾を飛ばしてやりたかったが、そんなことをしても、いまの俺のポーズでは自分の顔にひっかかるのが関の山だ。

「俺や江馬が、あの男に心底怒りをおぼえたのはな。あいつが賢治のいう、雨ニモマケズの男になりかけていたからだ！」

「？」

　どういうことか、よくわからなかった。

　もっとも怒気満面の小山田自身、なぜ自分がそこまで三木司郎を憎悪したのか——いまひとつ分析しきれないみたいだ。

「決して怒らない、いつも笑っている、喧嘩なんかつまらないからやめろ、みんなにデクノボーと呼ばれる、それはあいつのことだ。三木司郎、あの男だ。顔に火傷の痕をこさえて、女なんてできっこない面構えで、なんだってあいつはああもニコニコしていられるんだ？　若い男なら欲望で目をぎらぎらさせて、出世したい、金がほしい、偉くなりたい、そう思ってこそ若さというもんじゃないか。屑のような倉村、屁もひらない後藤は、どうだっていい。俺や江馬は、奴らと違う。無から有を生み出すだけの力を、生まれながらに持ってるんだ。……そんな俺たちが、あいつの前に出ると、どういうものか萎えてくる。あいつときたら、命より大切なはずの原稿を、妹の誕生祝いに代えてしまった。創作ってものを、どう考えているんだ！　そういって俺が喉を締めると、あの男はぜえぜえいいながらそれでも笑ったんだ。『いつもしずかに』な。あいつは自分を『あらゆることをかんじょうにいれ』ない奴だった。酔ったあげく、あいつに食ってかかったのは、俺だけじゃない。江馬もおなじだった。倉村までくわわった。俺たちが飲んでいたのは、倉村家の管理しているロッジだった。まわりは空き家のロッジばかりだ。裏を川が流れていた。俺たちは酒の勢いで、あいつを川へ漬けてやった。そうでもしなけりゃ、虫が納まらなかったんだ。あいつときたら、いくら飲んでも顔色さえ変わらなかった。きさま、なんのために酒を飲むんだ、怒鳴りつけて江馬が足蹴にした。たまには人間らしく悲鳴をあげてみろ、助けてくれといってみろ、女を抱きたいといってみろ、金がほしい、いばりたい、他人なんざどうだっていい、そう思え、口をきけ、わめき散らして、俺たちはあいつを川へ投げこんだ。……その間、青い顔でぶるぶる震えていたのは、後藤だよ。まったくおならみたいに頼りない奴だった。毒にも薬にもならない。だから朱美さんに選ばれたのかな。まあ、そんなこたどうだっていい。そのうち江馬が、正気にもどったとみえ、勘弁してやろう、そういいだした。俺も倉村も、三木に心底腹を立てていたが、殺す気なんてなかったさ。川に下りてぐんなりしている三木を引きずりだそうとした。そのとたんだ。あいつが口の中で……なんといったと思う? 南無妙法蓮華経、そう唱えやがったんだ。わっといったのは倉村だった。俺も江馬もまるで三木が怪物になったみたいな気がして、もういっぺん冷たい川にたたきこんだ。しばらくして、やっとわれに返ったときは、あいつはもう息をしていなかった。……相談の結果、倉村の車を使って、三木が酔っぱらい運転をやらかした。そうすることに決めたんだ。朱美さんがいないのを幸い、俺たちは後藤をおどして三木の事故をでっちあげた。そういうこった。……可能さん、おい」

よくわかった。あんたたちはみごとな殺人犯だ。そういってやりたかったが、俺の気力は残量ゼロになっていた。

(智佐子)

愛妻の顔が、かすむ思考の片隅に明滅していた。

小山田が俺をどんな方法で殺すのか、いずれにしてもおしまいだ。そう思うと、俺はわけもなく涙を流していた。指一本持ち上げることができない俺は、煮て食おうが焼いて食おうが、小山田の思いのままだったに違いない。

そのとき、オルゴールが鳴った。

ぼんやりした記憶の中に、小山田がドアホンで応対する声がのこっている。

「後藤だと」

その名前に、小山田がびっくりしていた。

「盛岡から出てきたのか。よし、いま開けてやる」

しばらくして、足音が聞こえた。

「小山田」

主の名を呼びかけて、後藤が驚いたように立ち止まった。

「可能さんがきていたのか」

「そうだ。いま始末するところなんだ」

「始末だって」

「ちょうどよかった。お前にも手伝ってもらう。いやとはいわさないよ。八年前の共犯だからな、後藤」

「……まったくだ」

後藤の返答は、妙にゆがんで聞こえた。

畜生、なにがまったくだよ……俺を助けてくれないのか……智佐子……助けてくれ……お前だけだ、力になってくれるのは……探偵役なんて、やるんじゃなかった……この期におよんでも、俺は賢治ではなく三木司郎でもなかったから、南無妙法蓮華経なんて口にしやしない。ただもう俺は智佐子の名を繰り返していた。

その名にあらたかな効果があったのだろうか。

俺はいまもこうして生きており、死んだのは小山田だった。

オツベルは象に踏みつぶされたが、小山田は、背後から心臓を刃渡り十六センチの牛刀で貫かれて即死したのである。

無声慟哭

1

小山田が後藤に殺された瞬間を、目撃したわけではない。当然そのときには、俺は安らかな寝息をたてていたからだ。

だから後藤秀一が、

「可能さん、申し訳ありませんでした」

彼らしく丁重に謝ったであろうことも、携えてきたもう一本のペティナイフで頸動《けいどう》脈《みゃく》を切断した姿も、まったく知らない。

「なにも知らないうちに、事件が解決してるんだから、お前さんは幸せな男やなあ」

田丸が呆れたのも当然か。

いまごろになって、やっと理解できた――俺がクラムボンとやまなしを結びつけたときの、後藤の驚きが。とうてい犯行をフォローできまいとみくびっていた万年ワトスンが、（事故ではない、殺人だ）と推測してみせたのだから、犯人がショックをうけるのも無理はなかったのだ。

俺の収容されている病院へ、智佐子が駆けつけたときは、俺はもうすっかりシャンとしていた。智佐子につづいて、ユノキプロから関女史に連れられて、七重と美也がやってきた。患者と見舞い客と、わずか半日で立場が逆転したことになる。

「可能さん、よかった……もし死んだら、私キリコに一生恨まれてしまうもの。私のためにも元気になってくれなくちゃ」

「私は今日のうちに鷹取へ帰るから、ご両親によくお伝えしておくわ。息子さんは、殺されても死ぬようなタマじゃありませんでしたって」

ふたりとも勝手な放言をしたあげく、食べ散らかした菓子の包み紙で屑籠《くずかご》を満杯にして、さっさと引き上げていった。

俺も七重のように気楽に退院したいところだが、智佐子の頼みでひと晩ここへ泊まることになった。付添い用に折り畳みベッドも用意されているので、趣向の変わったツインルームだと思えば、これもオツというべきか。

食事はふつうにとっていいというので、病院食を敬遠して、出前をとることにした。さすがに酒を飲むのはやめた。食事が終わると、格別することもないから、自然に話は事件のことになる。

「倉村も江馬も、後藤さんが殺したってことなの」

「そういうこった」

殺人犯にもっともふさわしくないタイプと思っていただけに、意外だった。だが現に俺は夢うつつながら、彼が小山田を訪ねてきた場面を知っている。彼を殺したのも、自決した刃物も、後藤シェフ愛用の牛刀であり、ペティナイフであった。

「二本とも、ヘンケルの特製なんだとさ。牛をさばく腕前があるんだから、人を刺すぐらい簡単だったろう」

「後藤さんには、アリバイはなかったのね」

「なかったかあったか、それはこれから警察が調べるだろう。……きみのいった通りだ。もっと早く、彼のアリバイを聞けばよかったんだ」

「仕方がないわよ。もともと事故と思われていたんだもの。そんな事件を掘り出して、ちゃんと犯人を抑えたんだから、名探偵だわ。大手柄だわ」

「よしてくれ」

頭をかかえると、智佐子が心配そうに寄り添ってきた。

「頭が痛いの」

「痛いどころか……俺が名探偵のはずないだろ。行き当たりばったりでぶつかって、こうして生きていられるのは俺の頭じゃなくて、運がよかったからなんだ」

すっと智佐子が体を離した。

「ヤだ、ひがんでる」

「はあ？」

「そんなんじゃ、あなたも小山田の仲間じゃなくて。運がいいのも才能のうちよ。もっと胸を張ってね。私の亭主なんだから」

笑顔できついことをいいやがる。僻《ひが》みととられては悔しいので、俺はそこそこ威張ることにした。

「そうだ。智佐子の旦那なら、優秀なはずだな」

「もちろんよ。……その優秀な探偵にお聞きするけど、後藤さんはなぜあの人たちを殺したんでしょう」

「長い間悩んできたのさ。彼の性格は俺もある程度知っている。微温的な正義派とでもいうかな。八年前、三木司郎が殺された。そのとき彼を見殺しにしたことが、後藤の良心を慢性的に苦しめていたのだと思う。こんな辛い思いをするぐらいなら、死んだほうがましと思い込むぐらいにね」

「……なぜだろう？」

ふっと白けた表情になって、智佐子が腕を組んだ。

「なぜ、いまになって三人の仲間を殺しはじめたのかしらね。なにかきっかけがあったと思うな」

「きっかけか……だが、そんなものがなくても、後藤は沸騰直前の心境にあったのかも知れないぜ」

「それ、違うと思うわ」

いやにはっきりと、智佐子は断言した。

「どうして」

「三木さんが書いた童話を朗読会に忍ばせた。クラムボンをやまなしで殺した。小山田駅の写真を小山田に送りつけた。……どれも冷静な復讐者のすることでしょ。猫が鼠《ねずみ》をなぶるみたいに、犯人は被害者となる羅須地人クラブの連中を、ひややかな目で観察している。そう思わない？　プッツン寸前の後藤さんとは、犯人像が違うんじゃなくて」

「……」

俺はまた頭が痛くなってきた。

「違うもなにも……あいつは俺が危機一髪の場にやってきたんだぜ。小山田を殺して自決している。紛れもなく、犯人は後藤秀一なんだ。倉村の場合も、江馬の場合も、彼ならきっと可能性があった」

それが自明の理だ。不承不承ではあっても、智佐子はうなずくと思っていた。だが愛妻の反応は違った。

「そうかなあ」

けしからんことにそういって、首をかしげたのである。

「なにがそうかなだよ」

「小山田のケースはたしかに後藤さんが刺したんでしょう。でも、ほかのふたりは違う。後藤さんのアリバイにかかわらず、犯行をやってのけられた人がいるもの」

俺はぎょっとした。

「だ、だれなんだよ」

「後藤朱美夫人」

「あの女性が」

俺は笑い飛ばそうとした。

「彼女にできるもんか！」

「アリバイがあるというんでしょう……江馬のときには、スタッフといっしょに安曇野へ。倉村のときには、民宿へ行ってる」

「そうだよ」

大きくうなずきながら、俺は一抹の不安を覚えていた。なぜだろう……智佐子の言葉を否定しきれないなにかがある。

その〝なにか〟を、智佐子ははっきりと指摘した。

「あなた、銀河ステーションのライブラリー・バーへ行ったわね。そのときの話を詳しくしてくれたわね」

「うん」

たしかにした。東京へ帰って寝物語でした。

「書棚にならんだ賢治の本と、それから牧さんが監修した、トリックの本のこと」

「うむ……」

俺ははっきりと思い出した。『定番トリック全集・あなたにも殺せます』。俺にしては、最初から最後まできっちり読んだ記憶がある——。

海に釣り糸を垂らしていて、コツンとあたりがきた瞬間。そんな気分だった。俺は「あっ」と叫んでいた。

智佐子がさらにフォローした。

「私もその本、読んでいるのよ。あなたから話を聞いて、もう一度読みなおしたの。そしたら出ていたわ、ふたつとも」

俺も思い出した……智佐子のいう〝ふたつ〟をありありと。

そのひとつは、浴槽に通電したドライヤーを投げ込んで、ショック死させるトリック。もうひとつは、洗面器に海水を張っておき、そこに顔を突っ込んで溺死させたあと、死体を海に投げ込むトリック。どちらも周知といっていい、ありふれたトリックでしかない。だがその平凡なトリックが、現実の犯罪に活用されたとすれば。

「……し、しかし智佐子」

カラカラになった喉から、声をふりしぼった。その俺の手の甲を、智佐子はやさしく撫でていった。

「……江馬さんのマンションて、盛岡のどこにあるんでしょうね。もしかしたら、東北高速道路のインター近くにあったんじゃなくて」

「そうかも知れん。雫石《しずくいし》川のほとりで、大釜駅が最寄りといっていた……そこなら盛岡インターが至近距離だ」

「朱美夫人は、夜遅く高宮照明のワゴンで高速に乗ったのよね。彼女はワゴンとどこで待ち合わせしたんでしょう」

智佐子のいおうとしていることは、よくわかった。安曇野へむかう直前、朱美が江馬のマンションを訪れていたとすれば、殺害になにほどの時間もかかるまい。今夜あなたのマンションへ行くから、お風呂にはいってきれいにしていてね。そんな言葉をかけておけば、江馬はせっせとバスを使ったことだろう。彼の前にあらわれた朱美が、あらかじめスイッチを入れておいたドライヤーを湯舟にたたきこむ。すべてはその一瞬で決したはずだ。

「彼女が高沢くんの車とコンタクトしたのは、江馬を殺したあととすれば、可能性はある……」

そういわないわけにゆかなかった。江馬のマンションは、ひとり住まいの仕事部屋だ。まる一日くらい発見されずにすむのは、予想の上であったろう。湯に漬かったままの変死、それも長時間経過後の検視である。死亡推定時刻に幅ができるのは当然だ。死体が発見されたとき安曇野にいた彼女にも、容疑者としての資格が生ずるのも、やはり当然というべきだった。

「本にあった定番のトリックを使えば、クラムボンを殺すことも、彼女ならできた」

智佐子がうなずいた。

「勝沼荘で食事しているのね、朱美さんは。その間、彼女が乗ってきた車は、民宿の前に停まっていた。溺死体となった倉村が、乗っていたのかも知れないわ」

「おっしゃる通りだ」

俺はあっさり白旗をかかげた。

といってもさしたる敗北感はない。愛妻のカンは尊重するが、根拠はライブラリー・バーの蔵書である。もし彼女が既成のネタ本から、自分の犯行を隠蔽するトリックを失敬したとすれば、いくらなんでも俺の前にれいれいしく披露するものか。

その矛盾を突くと、智佐子も困り顔になった。

「不自然よね。いっそこれがルパンなみの名犯人なら、虚栄心からネタ本を、それとなく教えることもあるでしょうけど」

「よっぽど俺が間抜け面してたのかな」

本音をもらすと、また叱られてしまった。

「僻むんじゃないの」

2

盛岡へ着いた俺と智佐子は、銀河ステーションの前で呆然と立ちすくんだ。

店が――ない。

いや、それらしい構えの店舗はあるのだが、すっかり様子が変わっていた。煉瓦で縁取られていた飾り窓は消え、けばけばしい色彩が壁面を占領していた。正面の二重になった玄関はすべて除かれて、フラットな大型ガラス扉が設置されようとしている。

〝近日開店・ぱちんこ銀河〟の看板の下で、改築作業はいたって順調にみえた。

「可能さん……でしたっけ」

という声に、俺はふりかえった。照明器具を手に、あの若い別姓夫婦が立っていた。

「やあ、きみたちか。いつこの店は畳んじまったんだい」

「あの日の前から……」

いいにくそうな高沢にかわって、宮城が元気よく話してくれた。

「ここのご主人が死んだ日ね、その前日にはもう閉店の挨拶が出てたんですよ」

「そうだったのか」

俺はため息をつくほかなかった。倉村と江馬を殺害した（いまのところ、彼の仕業と想像されている）後藤は、一切の後くされがないよう店を始末してから、小山田を襲ったに違いない。彼の覚悟が一日、いやそれどころか一時間遅くても、俺の命はなかったところだ。

だがそうなると、店の二階に住んでいた朱美夫人はどうしたのだろう。ふたりに尋ねると、これも意外な返事だった。

「入院しておいでですわ」

「入院？」

オウム返ししてしまったが、重なる心労で床についたのだろう。若夫婦から場所を聞かされて、俺たちは病院へ足をむけた。朱美が勤めていた病院かと思ったが、どうも違ったようだ。

後藤のプレートが出ている病室から、ナースが出てくるところだった。入れ違いに部屋にはいると、すぐ俺の顔がわかったようだ。

「可能さん……ようこそ」

せまいながら個室のベッドに仰臥していた朱美が、ひっそりと俺たちを迎えてくれた。彼女と智佐子は初対面だったので、紹介するつもりで、点滴のスタンドをまわって、枕元に近づいた。朱美の顔が目にはいったとたん、俺は言葉につまった。

見違えるほどのやつれようだ。化粧を落とした彼女の肌が、病的なまでドス黒くなっていたから、よけいに胸を突かれた。夫をうしなってからまだひと月とたたないのに、この衰えようはただごとではなかった。

が、よく考えてみると、最後に安曇野で会ったときも、俺は彼女の厚化粧に幻惑されて、その下の肌の色まで観察したことはなかったのだ。

「ガンなんです」

と、朱美は淡々とした口調だった。

「末期の大腸ガン……転移しているから、手術はできないの」

「あなた、医者じゃないんですか」

見舞いより先に、詰《なじ》る言葉のほうが先に出てしまった。

「どうしてもっと早く」

「去年のうちに、わかっていました」

朱美の平静な口ぶりは変わらない。俺は智佐子と顔を見合せた。彼女は、死病を悟っていたというのか？　なぜ。

突然、智佐子が俺の肘をつついたので、やっと気がついた。ナイトテーブルにのっていたのは、牧薩次・監修のポケット版〝定番トリック全集〟ではなかったか。俺の視線の揺らぎを見て取ったとみえ、朱美がえくぼをこしらえた。こんなにやつれていても、えくぼがちゃんとできるのだ。

「……おわかりになったのかしら」

と、彼女はいった。

「みなさんを殺したのが、私だということが」

俺も智佐子も、喉に鉛を詰めてしまった。

「……なんてことを」

それだけいうのが、精一杯だ。

「すみません、水をいただけないでしょうか」

いそいで智佐子が吸飲みをあてがってやる。嬉しそうに朱美は、ひと口だけすすりこんだ。喉の動きが痛々しいほどわかる。髪の毛が額にかかるのを、智佐子がそっと梳《す》いてやった。

「ありがとう」

そういったきり、朱美はしばらく真上の空間をみつめていた。

彼女の労力を少しでも軽減するため、俺たちにわかっていることを、先回りしてしゃべってみた。朱美は小さくうなずきながら、聞いていた。

　俺のおしゃべりが一段落すると、やおら朱美が口をひらいた。

「倉村と江馬を殺したのは、おっしゃる通りの手順ですわ。……最初に森のおうちへ行ったときも、高宮照明のワゴンを借りました。ワイン三ダースを買うのだから、不自然じゃないと思ったの」

　そうか。それを忘れていた。

「倉村には、森のおうちで別れる前、そっと声をかけておいたわ。山梨市の根津橋で会おうって……それから車でホテルへ行こうって……ふたつ返事だった。車体のロゴは、テープでかくしました……あれ、夜になるととても目立つから」

　期せずして、俺は森のおうちに停めてあったワゴンを思い出した。妙にネバつくと思ったが……。

「ワゴンだから、スペースはたっぷりあるの。あらかじめ笛吹川の水を洗面器に汲《く》み置きして、酔いどれたあの男の顔を漬けてやった。みんなこの本の通り。……といっても、みんなが知ってるトリックだから、牧って著者に叱られることもないでしょうね」

　ちょっと疲れたように口を切ったが、すぐ気力が回復したようだ。

「死んだあいつに毛布をかぶせて、そのまま勝沼荘まで飛ばしました。食事の間中、倉村はおとなしく待っていてくれたの。ワインを運ぶのに、七重さんが手伝ってくれてひやりとしたけど、毛布の下には全然気づかなかったわ。それから万葉の森へトンボ返りしました。……江馬の事故は、可能さんがいった通りです。……後藤の場合は、そうね……私のリモコンといえばいいかしら」

「リモコンですか？」

智佐子が眉をひそめた。

「はい。……後藤には、あの人がガンで余命いくばくもない。そう告げてあったんです」

俺はたまげた。

「ガンてのは、嘘ですね？」

「ええ。本物のガン患者は、私。後藤はどこも悪くありませんでした。でも女房に宣告された彼は、本物の患者みたいに顔色がわるくなっていったわ。おかしなものですね」

道理で、というほかない。銀河ステーションで会った後藤の、いやにナーバスだったことを思い出した。

「どうせ死ぬのなら、思い残すことがないように、悪党を始末していってほしい。あの人は、そんな私の頼みを聞いて、協力してくれたんです。倉村のときも、江馬のときも、私が女の武器で近づくのを、見て見ぬふりをしてくれました。いよいよ体力のなくなった私が、小山田はあなたが殺してと頼むと、刺し違えるつもりでやるといって……まさか可能さんをお助けする結果になるとは思わなかったけど」

「恩に着ます」

マナーとして俺は丁重に礼をのべた。だがまだ肝心なところがわからない。俺は朱美の容体を見守りながら、慎重に言葉を継いだ。

「わからないのは、あなたがなぜ、あの連中を殺したかということだが」

「……可能さんにはわからなくても、奥様にはわかってもらえるんじゃないかしら」

朱美にいわれて、智佐子がおずおずと口を切った。

「あの、もしかしたら……亡くなった三木司郎さんを、好きだったのでは」

「はい」

消え入るような――と形容していいだろう。間接的に殺したふたりをふくめて、実に四人の男の命を奪った女が、うっすらと顔を赤らめていた。

「私が羅須地人クラブにはいったのも、司郎さんのそばにいたかったから……それだけなんです」

いってはわるいが、よだかのように顔に味噌をつけた男を、こんな魅力的な女性が、愛情の的にしていたとは。ふしぎといえばふしぎだけれど、それをいうなら、俺と智佐子が結ばれたことだって、ふしぎの一種かもしれないのだ。

「司郎さんは私に親切でしたけど、私にだけの親切じゃなかった。あの人は、『南ニ死ニサウナ人アレバ行ッテコハガラナクテモイイト』いいにゆくんだもの。妹の七重ちゃんを、目にいれても痛くないといっていたし。私、なんど七重ちゃんに焼き餅を焼いて、ひとりでこっそり泣いたかわからない。私は、私だけを見てくれる人がほしかった。でもそれは、ないものねだりでした……そのうち、あの人は、酔っぱらい運転で川で溺れて死んでしまった……その前から私は、いくらお断りしてもあきらめずに、結婚を申し込んでくる後藤さんをもてあましていました。とうとうある晩、むりやり抱かれてしまって……私のほうでも、突然司郎さんに亡くなられて、心の中がからっぽになっていたんでしょうね。……去年も押し詰まってからかしら、後藤が酒のはずみで、口をすべらせたのは。司郎さんの事故死の真相……それも後藤は、司郎さんがいなくなれば、私が靡《なび》くだろうという計算で、見殺しにしたというんですよ」

ふいに朱美は、肩を波うたせて苦しそうに咳《せき》こんだ。咳は体力を急速に消耗させる。おそらく彼女の体は、いたるところガン細胞に侵食されているのだ。智佐子に背中をさすられて、やっと人心地がついたみたいだった。

「無理することはない」

と、俺はささやいた。

「少し休んだほうが」

「いいんです。もう少しだから」

えくぼの陰から彼女はいった。

「……私は、後藤をふくめて、四人のだれをも許せなくなったんです。あんな仏さまのようにいい人を……ホメラレモセズクニモサレズ……サウイフモノニワタシハナリタイといった賢治の境地に、司郎さんはちゃんとなっていたんですよ。後藤の話を聞く以前から、私は自分のガンに気がついていました。死ぬ前に、あの人たちを殺してやりたい、そう思ったの。倉村は、後藤を買収してだまらせただけじゃない……司郎さんのお母さんに大金を渡して、口封じをしました。私の息子が事故をおこすものか、そう口走っているのを知って」

そうだったのか、と俺は思った。だから七重の母親は、北新宿に店をもてたのだ。

だから――臆測するなら、母親は息子を売ったと思い、苦しんでいたのではないか。その胸を噛む思いによって、彼女は命をちぢめたのではないか。

朱美が苦しげに言葉を継いでいた。

「聞いて……くださいね」

すがるような目が、俺をみつめていた。俺はがくがくと顎をふった。

「聞いています、もちろん」

「私のほんとうの気持ちは、自分がたてた恐ろしい計画に、押しつぶされる一歩手前だったんです。……だから、私のとんでもない犯行に気がついただれかが、つぎの犯罪を起こす前に止めてくれないだろうか……そう考えていたことも確かなの。虫のいい考えですわね……私って本当に自分勝手……こんな女では司郎さんについてゆくことなんか、できなかったと思うわ」

やっと俺にもわかってきた。

ライブラリー・バーで、彼女がわざとみんなに俺の存在をアッピールした理由。牧くんのトリック本を、これみよがしに俺の前に置いた理由。それらはみな、連続殺人のプランを練る一方で、（こんなことを私にさせないでほしい、早くだれか私の犯行をみつけて、つぎの犠牲者を救ってほしい）と心の中で叫びつづけた彼女のサインであったのだ。

朱美の首まわりの毛布を抑えてやりながら、智佐子が尋ねた。

「司郎さんて人は、あなたの愛情を、とうとう知らないまま行ってしまったんですか」

「ええ、そうです」

笑ったつもりだろうけれど、もう彼女の頰にえくぼを見ることはできなかった。目の下に黒い陰が生じた。長い告白が、死病の患者の体力をむしばんでいた。

ナースがもどってきたのをきっかけに、俺と智佐子は、見舞いを終えることにした。

まだ彼女は、ものいいたげだった。

俺たちに向けられた目は、

（私を警察に突き出さないの）

とささやいていた。

俺も智佐子も、あえて彼女の視線を無視して、病室を出た。

盛岡の空は、分厚い雲がひろがっていた。春三月というのに、風の冷たさは格別である。この雲では、イーハトーブの星空を見るのはむつかしそうだ。

今夜は賢治が好んで入浴していたという、花巻近くの大沢温泉に泊まる予定でいた。

明日は、新幹線の駅にほど近い宮沢賢治記念館へ、智佐子を案内するつもりだ。

3

残念ながら、目的の賢治記念館へ行けなくなった。

というのはその夜になって、突然旅館へ七重から電話がはいったのだ。

「〝夕刊サン〟に聞きました！」

七重の屈託ない声を受話器で受け止めて、俺はいぶかった。

「急用ができたのかい」

「はーい。いま勝沼荘にきてるんです。伯母に頼まれて、兄ちゃんのトランク整理してるの」

　七重は司郎を兄ちゃんと呼んだ。まだ彼女の身近に生きているような、奇妙な親近感があふれていた。

「ずっと物置にはいってて、中身をだれもチェックしなかったんだって。それで、その中にね、兄ちゃんが最後の年に使っていたノートがあったんです。そのページにはさんでありました、封筒が」

え、いったい彼女はなにを話そうというんだ。ふしぎそうな顔をしたとみえ、智佐子が近づいてきた。

　七重の痛ましげな声がつづいた。

「封筒にはいっていたのは、兄ちゃんのラブレターでした」

「ラブレター！」

　俺は思わず、大声をあげた。

「はい、とうとう出さなかったラブレター。……風野朱美さん宛ての」

「朱美さん！」今度は俺と智佐子がいっしょに叫んでいた。

われわれの驚きがわかったとみえ、七重の笑い声が流れてきた。それからすぐ、妙におすましの声になった。

「盛岡で、朱美さんに会ってきたんでしょう？　すっかり色の変わった便箋には、兄ちゃんの思いが綴られていて、でもおしまいにこうありました。やっぱり出すのはやめるよ、朱美さん、あなたにはもっとふさわしい男がきっとみつかるって……彼女が聞いたらどう思うかわからないけど、もしまたお会いになるチャンスがあったら、出さなかったラブレターのこと、伝えてほしいと思うんです」

「……！」

電話が切れたあとまで、俺も智佐子もかるい興奮に包まれていた。

「朱美さん……片思いじゃなかったんだわ」

「話してやろう」

と、俺はいった。

「あの様子では、かわいそうだが長くない。本人も、それを望んでいるだろうしね……かりにも連続殺人を犯したんだからな」

「いいおみやげができるんじゃなくて？」

冗談めかした口調だが、智佐子の目にうっすら涙が浮かんでいた。記念館を訪ねるのは後回しにして、われわれは次の日の午前中に、朱美のはいっている病院を再訪した。

病室にいそいだ俺と智佐子は、ドアの前で立ちすくんだ。

無人の部屋は開け放しになっている。

ベッドの上はからっぽだ。マットレスもなくなっており、鉄枠だけがしょんぼりと据え付けられていた。

俺はあわてて、通りかかったナースに聞いた。

「あの、すみません。ここに入院していた後藤さんは……」

「ゆうべ、亡くなりましたよ」

というのが、ベテランらしい白衣の女性の答えだった。

「夜になって急に容体が変わりましてね。あなたがた、ご親族でいらっしゃる?」

「は……いえ……」

なんといっていいかわからない。まごついていると、ナースセンターから呼ばれたらしく、一礼した看護婦は、そそくさと廊下を去ってしまった。

俺と智佐子はただぼんやりとして、焦点の合わない目で、顔を見合わすばかりだった。

「……ただわたくしはそれをいま言へないのだ
わたくしは修羅をあるいてゐるのだから」

中学生くらいの女の子が、真紅のパジャマ姿で歩いてきた。よほど好きなのだろう、買ってきたばかりとみえる宮沢賢治の詩集をひろげ、歩きながら読んでいるのは『無声慟哭』である。その澄んだ声が、立ちすくんだ俺たちの耳をやわらかに撫でて、窓のむこうの曇り空に消えていった。

わたくしのかなしさうな眼をしてゐるのは

わたくしのふたつのこころをみつめてゐるためだ
ああそんなに
かなしく眼をそらしてはいけない
…………

あとがき

宮沢賢治を題材にして、ミステリーを書いたのはこれがはじめてではない。ぼくが書きつづけている迷犬ルパンもののうち、名作のパロディシリーズとして、『銀河鉄道の朝』を上梓したことがある。『犬神家の一族』『八つ墓村』『獄門島』をまぜた『犬墓島』だの、『点と線』をもじった『線と面』だのと、文学の神をおそれぬ代物を大量に書いた。そのうちの一巻だから、賢治ファンが読んだら噴飯ものであったろう。いや、本気で腹を立てた人だって、いないとはかぎらない。

そんな前科があるのだから、今度こそ心をいれかえてマジに書いた——のなら、この作者もかわいいのだが、あいかわらずであることはタイトルを一瞥すればわかる。

だいたいぼくは、宮沢賢治が童心豊かな田園の詩人として祭り上げられることに、小首をかしげていた。

多面的な好奇心を燃やして、清浄な努力を積み上げた賢治であるが、そういいきれる境地にいたったのは晩年のことで、童話を書きはじめたころの賢治は、ちょっと風変わりで、いくらかすねた眼をもち、心に修羅を抱いた悩みおおい人であったと思う。父との葛藤、妹へのいたわり、そして高揚する宗教心。

ここで賢治論を展開するつもりはなく、力もなく、しょせん賢治の名を借りたエンタテインメントではないかといわれれば、その通りですというほかない。

それでもぼくは、井上ひさしさんの『イーハトーボの劇列車』、北村想さんの『けんじのじけん』などの戯曲の成果をまのあたりにしている。賢治の鬱屈した心象風景が戯画化されて、みごとな舞台になっていた。ではミステリーの形を借りながら、読者に賢治の世界の一端をのぞいてもらうことができないかと、ぼくなりに悩んだのが正直なところだ。

ミステリーと賢治の接点をどうするのか、決めかねている最中に、武田秀夫さんという方にお目にかかった。旧知の斎藤次郎さんが編集する「三輪車疾走」誌上で、名は存じ上げていたが、お会いするのははじめてだ。紹介してくれたのは、信濃大町の温泉宿『昔々亭』のオーナーで、かつて大島渚監督の映画をプロデュースしていた荒井富雄さんである。荒井さんの手を経て、武田さんが書いた『セイレーンの誘惑（漱石と賢治）』という本を読ませていただき、いささか眼を開くことができた。

武田さんは、異様な暗黒を内包する作として賢治を読んでいる。「私はその作品世界をいつも氷山のイメージで思い浮かべ、それが水面下に隠している何か暗く不気味なものディンヂャラスなものをたえず感じながら読んできた」とおっしゃる。

　賢治童話の精細な描写が底にたたえる超自然の凄味を、なんとなくではあるがぼくも感じてきた。『銀河鉄道の夜』に表出された死生観は、はじめて読んだころのぼくを圧倒した。暗く、淡く、硬く、結晶した世界が、はっきりいってやりきれないほどであった。いま読み返すと、けっこうジョバンニに感情移入できるというのは——たぶんぼくが、年をとったためもあるのだろう。ぼくは安心して、賢治の世界の暗さを確信するようになった。

　編中に登場する森のおうちは実在しており、荒井さんの案内で武田さんとお訪ねした。そのとき小林敏也画伯による、『画本　宮沢賢治』シリーズのイラスト原画の展示があったのも事実だ。賢治を読み、賢治を見るうちに、いつかこんな話ができてしまった。

　賢治のムードとミステリーを結びつけた、牽強付会《けんきょうふかい》きわまりない試みが、少しでも形をなしたとしたら、それは以下の書物のおかげといっていい。

　あらためて、お礼を申し上げる。

○『セイレーンの誘惑（漱石と賢治）』武田秀夫（現代書館）
○『画本　宮沢賢治』（よだかの星／やまなし）宮沢賢治作・小林敏也画（パロル舎）
○『宮沢賢治に聞く』井上ひさし（ネスコ）

○『童話の宮沢賢治』中村文昭（洋々舎）
○『宮沢賢治』青江舜二郎（講談社）
○『宮沢賢治への旅』文藝春秋編（文藝春秋）

一九九六年三月

辻　真先

文庫版あとがき

宮沢賢治とぼくのミステリのかかわりは、初版当時に書いた『あとがき』でご覧の通りである。本書を第一弾としたシリーズには、この春に文庫化された『夜明け前の殺人』と、北原白秋を絡めた『赤い鳥、死んだ。』の三冊があり、ぼくには珍しくブンガクづいていた。実業之日本社編集部の豊さんにすすめられて書いたのがついこの間みたいだが、もう四半世紀あまり昔になるのか。

本作の主人公可能克郎は、ぼくが書いた三百冊ほどの小説にいちばん多く登場しているキャクラクターだろう。とはいえ、いつも脇役であったから読者の印象はうすいかもしれない。まさか自分が卒寿まで長生きすると思わなかったので、五年くらい前にそれまでつづいていたシリーズに片端から幕を下ろしてしまった。中途半端に終わるより、キリのいいところでゴールした方が、読者もキャラクターも納得がゆくと思ったからだ。いちばんの長寿であったのが、スーパー・ポテトのシリーズである。

今はあだ名で呼ぶのがはやらないようだが、半世紀前くらいはニックネームで呼び交わすのがふつうであった。本名は可能キリコ、牧薩次といって、ふたりの中学生時代の話が『仮題・中学殺人事件』と題され、ぼくのミステリの事実上の処女作となった。その第一作に可能克郎は、キリコことスーパーの兄として顔を出している。

昔の話で、読者の大半はまだ生まれていなかっただろう。彼は、妹やそのボーイフレンド牧くんのワトスン役として登場した。〝夕刊サン〟のヘボ記者役で、上役の田丸編集局長はすでに在任していた。

このあたりの経緯は、最近刊行したばかりの『馬鹿みたいな話！　昭和36年のミステリ』を読めば、彼のモデルの話題をふくめてわかる（さりげなく宣伝してみた）。その時点では田丸が〝夕刊サン〟に着任したばかりで、克郎本人はまだ東西大学在学中のため登場していない。

そんな先天的脇役タイプの男だから、智佐子と結婚したばかりのころシリーズの主役を務めたときですら、ついに探偵役を演じることができなかった。某社の文庫書き下ろしで、当時は海外デスクトラベルミステリと称したシリーズだ。要するに取材費をケチって資料と首っ引きで、事件の舞台をデッチあげたのだ。ブーゲンビリア、ニューヨーク、オリエント急行等々。そのもうひとつの特徴が、一作ごとに探偵役が違うというもので、毎回ワトスン役は可能克郎でもホームズが誰になるかわからない。ときには恐ろしく厭味《いやみ》なサラリーマンの上司だったりして、犯人探しより探偵探しの方が読者には興味があったかも知れない。

ワトスン役が主演を張る例は、大先達の横溝正史のミステリにある。金田一耕助より前に（だから主に戦前だけれど）探偵役であった由利《ゆり》先生の助手的存在の記者三津木《みつぎ》俊助《しゅんすけ》がそれだ。大がかりな事件の場合は名探偵由利麟太郎《りんたろう》のワトスン役を演じるけれど、少年少女向けの探偵小説では彼が独力で解決する。だから子供だったぼくには、由利先生より三津木記者に親近感を抱いていた。

もっとも敏腕記者である彼と、三流記者可能克郎では比べ物にならないから、克郎がスーパーにもポテトにも世話にならずに、自分ひとりで事件の全容を解明するなんて、希少なこの一作に限定されるかも知れない。まだあとがきにしか目を通していない方（たぶん立ち読みの）に注釈しておくと、実態は彼がホームズを務めたなんてお世辞にもいえないていたらくのミステリだ。はっきりいって宮沢賢治が描いた世界を右往左往しただけの彼の探偵談だけれど、ぼくは意外とこのキャラクターが好きだ。

神を凌《しの》ぐ叡知《えいち》の名探偵なんて、それこそ神さまレベルの作者でなくては書けないはずだ。最近は神が安売りされてやたらに神回のアニメが頻出しているが、もしや貧乏神成分が混入しているのではないか。

その点、頭のつむじから足の裏まで凡人で構成された可能記者の推理の軌跡なら、読者は安心して（ときにハラハラさせられて）読むことができると思うのだ。

賢治フリーク、アンチ賢治を問わず、どうかご一読をお願いいたします。

二〇二二年五月

辻　真先

解説――とことん宮沢賢治づくしの辻ミステリ

村上貴史
（ミステリ評論家）

■宮沢賢治

本書の主人公である可能克郎は、かつて編集者だった後藤秀一という年下の知人から宮沢賢治をどう思うかと問われ、知ったかぶりしながら「詩情ゆたかな人格者じゃないか」と答える。さらに、こうも語る。

「雨ニモマケズの詩を読んでもよくわかる。農業を研究し、詩作に精出し、天文に興味を抱き、童話をつくり、セロを弾いた。花壇を設計した。宗教に傾倒した。四十歳前に亡くなった人としては、実に充実した生涯を送ったといえる」

それに対して後藤秀一は、雨ニモマケズの詩は賢治の死後、手帳につけられていたのがみつかったものだと述べたうえで、「彼は、はじめからそんな崇高な人格者だったのでしょうか?」と問い返す。

それが本書の序盤でのこと。そして可能克郎は、宮沢賢治と縁の深い事件に巻き込まれていくのである。

宮沢賢治生誕百周年を翌年に控えた一九九五年十二月。夕刊サンという〝がさつな新聞〟のデスクを務める可能克郎は、新雑誌の宮沢賢治特集の取材で盛岡を訪れた。後藤秀一が営むレストランで開催された宮沢賢治の朗読会で、克郎は奇妙な出来事を体験する。朗読劇の台本に、賢治の作品ではない童話が紛れ込んでいたのだ。何者かがそんな細工をしたのである。いったい誰が、そして何のために？

のっけから宮沢賢治づくしである。賢治のゆかりの地での賢治の作品の朗読会。しかも会場のレストランは『銀河鉄道の夜』に登場する「銀河ステーション」という名前だ。それればかりではない。朗読会場のレストランを営む後藤秀一も、妻である女医の朱美も、そして会場に集った後藤夫妻の友人たちは、大学時代に〝羅須地人クラブ〟という宮沢賢治の研究会を作るほどの賢治ファンだったのだ。そんな賢治づくしのなかに、賢治の童話の偽物が紛れ込む——なんともチャーミングな謎で、本書は幕を開ける。

そして翌年、賢治生誕百周年の年に、羅須地人クラブのメンバーが死んでいく。一人目は倉村恭治だった。クラムボンというあだ名で呼ばれる男だ。関東平野の外れにある小都市、鷹取市で緑地部長をしている彼が、山梨県で溺死体で発見されたのだ。クラムボンといえば、宮沢賢治の「やまなし」に登場する存在である。それも「クラムボンは死んだよ。」「クラムボンは殺されたよ。」というかたちで言及されているのだ。警察は事故と結論付けようとしているようだったが、克郎は殺人の可能性を疑う……。

本書は、こうしたかたちで登場人物や事件が宮沢賢治と深くかかわりを持ちながら進んでいく。死体を転がしつつ、各章のタイトルに賢治の作品名（たとえば「銀河鉄道の夜」「図書館幻想」など）を冠し、それと呼応するエピソードを各章に織り込みながら、だ。辻真先らしい凝った造りのミステリなのである。

しかもそこに宮沢賢治に関する知見がちりばめられている。冒頭に記した「雨ニモマケズ」の情報もそうだし、「図書館幻想」の章では、『復活の前』の怖さと魅力が紹介されている（これはほんの一例）。また、宮沢賢治に関する〝童心豊かな幻想作家〟という可能克郎の思い込みが変化する様を、本書は描いているが、読者のなかにも同様に認識を改める方もおられよう。それもまた本書の愉《たの》しみの一つだ。

そのうえで、結末で明かされる真相が極めて印象深い。一連の事件の根っ子にある殺人事件において、被害者が殺されるに至った動機がユニークで、しかも宮沢賢治の世界ともしっかり繋《つな》がっているのだ。さらに、本書の犯人役の行動にも特徴がある。こちらもこちらで〝宮沢賢治〟っぽさに満ちている。なんとも嬉《うれ》しくなるミステリなのだ。

■辻真先

本書の「文庫版あとがき」で著者本人が語っているように、この小説は文学を題材とした三部作の第一弾で、一九九六年に発表された。第二弾が北原白秋を題材とする『赤い鳥、死んだ。』で九七年の作品、そして第三弾が島崎藤村が題材の『夜明け前の殺人』（九九年）だ。

『赤い鳥、死んだ。』は、北原白秋に憧れていた童謡作家の北里百男が、ようやく売れ始めた矢先、三十六歳で殺人事件に巻き込まれたあげく世を去るという物語だ。白秋の『桐の花』事件に重ねるかたちで、北里が描かれている。その重ね方が濃密で、結末をより衝撃的なものとしている。探偵役を務めるのは百男の二十一歳年下の弟で、相棒を務める少女とともに物語をグイグイと牽引《けんいん》してくれる。しかも、構成にも仕掛けがある。冒頭に〝第五章〟が置かれているのだ。辻真先らしさに満ちた一冊だ。

第三弾は、島崎藤村の『夜明け前』を原作とする舞台の上演中に起きた変死事件を、二つの時代を重ねて綴《つづ》ったミステリだ。この作品の目次も凝りに凝っている。なんと『藤村いろは歌留多』の「い」「ろ」「は」から最後の「す」までずらりと並んでいるのである。本年二月に文庫化されたばかりなので、是非現物をご確認戴《いただ》きたい。九〇年代の日本社会の変化を鋭敏に捉えたミステリとして満足度は高い。

■可能克郎

さてさて、これまた「文庫版あとがき」に記されているのだが、可能克郎は、辻真先の作品に最も多く登場している人物である。大抵は脇役だ。それを象徴するような文章が、一九八六年の『霊柩車に乗った狙撃手《スナイパー》』にある。徳島の小さな村の闇を、その町にやってきた五代道春という謎の青年――年齢問わず女性に好かれるし知識は異常に豊か――を通じて描いていくこの小説に、可能克郎は中盤から登場して活躍する（こういう登場の仕方も珍しい）。そして登場直後に、徳島で孤軍奮闘する可能克郎は、こんな心境を語っている。

「これが東京なら、克郎には、仲間というか友達というか、推理の知恵袋がなん人かいる」「妹キリコの古いBFで、牧薩次――通称ポテトとか、ゆきつけの新宿のバー『蟻巣』でときたま合う、トラベルライターの瓜生夫妻とか、ベテランマンガ家の那珂一兵とか、多士済々だ」「電話の一本もかければ、伊豆に住むおばあさん探偵亀谷ユーカリや、ルパンというチンケな犬の飼主、警視庁捜査一課の朝日刑事がかけつけてくれる」

可能克郎（某俳優がモデルと『残照　アリスの国の墓誌』や『馬鹿みたいな話！　昭和36年のミステリ』に記載）が初登場した『仮題・中学殺人事件』の刊行は一九七二年なので、それからわずか十四年後にこの心境が書かれたわけだが、その短期間に、可能克郎はこれほどまでに多くの探偵役と付き合ってきていたのである。その探偵たちについて、簡単に紹介しておこう。

妹キリコと牧薩次が活躍するシリーズは、前述の『仮題・中学殺人事件』が第一作。特殊な設定（第二弾の『盗作・高校殺人事件』であれば〝作者は、被害者です。作者は、犯人です。作者は、探偵です。〟と作者は読者に対して予《あらかじ》め述べている）を成立させる著者の超絶技巧が愉しい作品が並ぶ。瓜生夫妻は『死体が私を追いかける』（七九年）でスタート。鉄道ファンとしての辻真先の持ち味が発揮されたシリーズだ。那珂一兵が常連客として通う新宿ゴールデン街のバー「蟻巣」は、『アリスの国の殺人』（八一年）で登場し、那珂一兵ももちろん顔を出す。ただしこの作品には可能克郎はおろか牧薩次も可能キリコも登場していない。また、《蟻巣》シリーズとしては第二弾になる八六年の『ピーター・パンの殺人』では、可能キリコや牧薩次などが那珂一兵も交えて推理談義をしているのだが、その場には克郎は不在。なので、『霊柩車に乗った狙撃手《スナイパー》』時点の克郎は、おそらく妹キリコを介して那珂一兵と知り合っていたのだろうと推測する次第。ユーカリおばさんのシリーズは『死ぬほど愛した…』で八四年に始まり、朝日刑事と愛犬ルパンは『迷犬ルパンの名推理』（八三年）にて初登場を遂げている。なお、本書「あとがき」にある『銀河鉄道の朝』は、宮沢賢治風の童話と、〝犬が人を殺した〟という事件を巡る少年少女とルパンと朝日刑事たちの推理が交互に並ぶ一冊（可能克郎は登場していない）。人間の悪意を犬たちとの関係を通じてくっきりと描きだしている。

前述したように可能克郎は一九七二年の初登場なので、本文庫が刊行される二〇二二年は、それからちょうど五十年後ということになる。主には前述のシリーズ探偵たちに伴走してきたわけだが、本書や『霊柩車に乗った狙撃手《スナイパー》』をはじめとするノンシリーズ作では、主役級の活躍を演じている。例えば、『幻影城で死にませう』（九一年）では、クローズドサークルと化した〝幻影城〟なるホテルでの殺人事件——犯人は自動人形か——において美形で白髪の青年探偵と共演し、『はだかの探偵』（八九年）では、深夜サウナのスナックで、常連老人による安楽椅子探偵タイプの推理を味わう。いずれの作品においても、ノンシリーズならではの輝きを堪能《たんのう》できるのだ。また、可能克郎が単独で主役を務める『殺されてみませんか』（八五年）は、明確な探偵役が不在の一冊。二重の意味で意外な犯人のミステリで、しかも辻真先がとんでもない人物からヒントをもらって書いた貴重な作品だ（電子版で即日読めます）。また、可能克郎には、妻の智佐子と共に主役（探偵役ではない）を務めるシリーズもある。『ブーゲンビリアは死の香りシンガポール3泊4日死体つき』（八四年）を第一作として、あちらこちらへの旅を愉しめる。

辻真先は、五十年以上にわたって三百冊ほどの作品を書いてきた。その著作は、いわば宝の山だ。様々な主人公たちを擁したその宝の山を踏破するにあたり、可能克郎ほど適切な案内人はいない。彼が登場する作品には絶版となっているものも少なからず存在するが、それらの復刊を期待しつつ（『夜明け前の殺人』が文庫化されたように）、入手可能なものから読んでいくだけでもたっぷりと愉しめる。是非とも可能克郎と共に宝の山に挑んでみて戴きたい。〝可能克郎生誕五十周年〟でもあるし。

単行本　一九九六年四月　実業之日本社刊

本作品はフィクションであり、実在の個人・団体などとは一切関係がありません。

実業之日本社文庫　最新刊

辻 真先
殺人の多い料理店
宮沢賢治の童話朗読会で「贋作」事件が発生。二か月後、参加者のひとりが変死した。可能克郎が調査を進めると……傑作長編、初文庫化！（解説・村上貴史）
つ52

貫井徳郎
追憶のかけら　現代語版
大学講師・松嶋は自殺した作家の未発表手記を入手。自殺の真相を究明しようとするが……。辿り着いた真実とは？ 圧巻のミステリ巨編！（解説・野地嘉文）
ぬ13

葉月奏太
酒とバイクと愛しき女
友人の墓参りをかねて、20年ぶりにツーリングへ出かける。爽やかな北海道で亡き友の恋人や、素敵な女性たちに出会い……。ロードトリップ官能の傑作！

は613

保坂祐希
人斬り美沙の人事査定帳
大手家電メーカーの人事部長は、『人斬り美沙』の異名をとる冷酷非情な絶対女王。彼女が社内の闇と不正を暴き、醜き悪を成敗する痛快エンタメお仕事小説！

ほ31

南 英男
毒蜜　残忍犯　決定版
マフィアか、ヤクザか…残虐すぎる犯行の黒幕は!?旧友の新聞記者が首を切断され無残な死を遂げた。裏社会の無敵の始末屋・多門剛が真相に迫るが——。

み725

実業之日本社文庫 つ52

殺《さつ》人《じん》の多《おお》い料《りょう》理《り》店《てん》

2022年8月15日　初版第1刷発行

著　者　辻《つじ》真先《まさき》

発行者　岩野裕一
発行所　株式会社実業之日本社
〒107-0062　東京都港区南青山5-4-30
emergence aoyama complex 3F
電話［編集］03(6809)0473［販売］03(6809)0495
ホームページ　https://www.j-n.co.jp/
ＤＴＰ　株式会社千秋社
印刷所　大日本印刷株式会社
製本所　大日本印刷株式会社

フォーマットデザイン　鈴木正道（Suzuki Design）

ISBN978-4-408-55749-6（第二文芸）